# LA JEUNE FILLE ET LE CHAT

## L'autrice

**Catherine Cuenca** écrit depuis sa plus tendre enfance et s'intéresse très tôt à l'histoire. Elle publie un premier roman historique en 2001, tout en suivant des études dans le domaine qui la passionne. Après avoir concilié l'écriture et un travail en bibliothèque pendant plusieurs années, elle devient écrivain à temps plein en 2010. Séries ou *one shots*, ses romans ont pour cadres différentes périodes historiques, de la préhistoire à la Seconde Guerre mondiale.


*73 boulevard de Sébastopol, 75002 Paris*
*Diffusion : Interforum*

Réalisé avec le concours éditorial d'Arthur Ténor
Directeur éditorial : Jean-Paul Arif
Éditrice : Floria Guihéneuf
Mise en page : Céline Ranger
Correction : Maxime Gillio
ISBN : 978-2-38167-024-9
Dépôt légal : mars 2022

CATHERINE CUENCA

# LA JEUNE FILLE ET LE CHAT

ScriNeo
Histoire

# 1

# *Miron*

*Comté du Dauphiné, juin 1348*

La soupe de pois était si épaisse que les dés de lard ajoutés par tante Pelonne au moment de servir les écuelles s'étaient incrustés à la surface. Bertille les considéra d'un regard dégoûté. Elle n'avait jamais aimé le lard, mais celui-ci lui paraissait particulièrement répugnant. Blancs et luisants, ces bouts de gras lui faisaient penser aux gros vers qui grouillent sur les cadavres des animaux morts, à la belle saison. Hors de question qu'elle avale ça. Mais oncle Roland ne manquerait pas de l'envoyer au lit le ventre vide si elle se montrait difficile. La faim la torturerait toute la nuit !

Bertille plongea sa cuiller dans la soupe et commença à manger, tout en repoussant les morceaux de lard au bord de l'écuelle. Autour de la table, les convives étaient trop occupés à se remplir la panse pour remarquer son manège. Oncle Roland engloutissait des tranches de pain trempées dans la soupe avec de gros claquements de langue ; Mayeul, le fils aîné, était moins vorace mais non moins bruyant ; Pépin et Charles, les plus jeunes, rapides mais sales, le menton au ras de leurs écuelles. Tante Pelonne essuyait consciencieusement le filet de soupe qui coulait sur son menton. Jesseline, l'épouse de Mayeul, picorait avec la vivacité d'un oiseau, les yeux rivés sur le couffin pendu au plafond où se balançait le petit Martin, leur bébé de trois mois. L'enfant ne tarderait pas à se manifester pour la tétée.

La journée avait été épuisante, comme l'avait été celle de la veille, comme le serait celle du lendemain. Bertille en connaissait le programme par cœur : levée à l'aube, elle s'occuperait du ménage pendant que la famille partait faire les foins. Elle laverait la vaisselle et préparerait la soupe du soir tout en surveillant Martin qui dormait dans son couffin suspendu, hors de portée des animaux de la ferme. Après avoir balayé le sol en terre battue, rassemblé du pain, du fromage frais et deux jarres de vin dans un panier, elle partirait pour le Grand Pré.

Une demi-heure à suer et souffler sous le chaud soleil d'été, le couffin du bébé dans un bras, le panier de victuailles dans l'autre, un sac contenant son nécessaire à couture en bandoulière. Puis elle s'installerait avec la famille à l'ombre de la haie de charmes, au bord du pré, pour dîner*. Jesseline allaiterait son enfant, et tout le monde s'accorderait une petite sieste avant de reprendre la fenaison. Roland et Mayeul couperaient la luzerne à grands coups de faux, les autres retourneraient l'herbe fauchée la veille pour la faire sécher. Pendant ce temps, Bertille repriserait des vêtements, un œil sur le bébé, en attendant l'heure de la nouvelle tétée. Et le retour à la ferme, pour une nouvelle soirée déjà tendue vers le lendemain.

Après avoir fané le Grand Pré, il faudrait engranger le foin des deux autres lopins de terre appartenant à la famille, à la lisière de la forêt. Les dernières bottes rentrées, l'herbe du Grand Pré serait complètement sèche, prête à être gerbée et rapportée à la ferme à son tour.

Bertille eut le vertige en songeant à toutes les soupes de pois au lard qu'elle devrait encore ingurgiter.

— Ça se rafraîchit, grogna Roland, le nez dans l'écuelle qu'il nettoyait avec un morceau de pain.

* Au Moyen Âge, on dîne à midi et on soupe le soir.

Aussitôt, sa femme se leva pour raviver le feu dans l'âtre. Elle avait déjà placé deux chandelles sur la table. La nuit et la température tombaient vite dans ce coin de campagne, même à l'époque de la Saint-Jean.

En s'approchant du tas de bois, Pelonne trébucha et se rattrapa au manteau de la cheminée en jurant.

— Vaurien de chat !

Un jeune félin jaillit de ses jupes. Son pelage roux flamboyait dans la lumière des flammes et ses yeux verts semblèrent s'embraser. *Coquin de Miron*, songea Bertille en souriant. Pelonne, elle, n'avait pas envie de plaisanter. Saisissant le tisonnier, elle fit de grands moulinets pour chasser l'intrus.

— Tu n'as rien à faire ici, fainéant ! Les souris courent dans le fenil !

Les oreilles aplaties, le chat fila ventre à terre dans la cour. Bertille profita de la diversion pour s'emparer des dés de lard et les enfouir dans son mouchoir.

Pelonne se précipita pour fermer la porte derrière l'animal.

— Bonsoir, ma bonne dame, lui lança une voix chaleureuse, un peu éraillée. Auriez-vous une écuelle de soupe et une paillasse pour un voyageur fatigué ?

Une silhouette se dessina dans l'encadrement, noire sur le crépuscule pourpre. C'était un homme vêtu d'une longue robe de bure à capuchon, nouée à la taille par une ceinture en cuir, et chaussé d'épaisses sandales blanchies par la poussière. Il portait un baluchon de toile et un bâton de marche en bois. Une fine barbe noire adoucissait les angles de son visage buriné dans lequel ses yeux bleus brillaient d'un éclat étrange. *Comme ceux de Miron*, songea Bertille.

— Je suis frère Philippe, reprit-il. J'appartiens à l'abbaye de Saint-Antoine, et je reviens tout juste d'un pèlerinage à Jérusalem.

— Entrez donc, mon frère ! s'écria Pelonne. Faites-nous l'honneur de partager notre souper.

— Venez à mes côtés, lui proposa Roland. Bertille, sers donc un bol de soupe à notre invité.

— Je vous remercie de m'accueillir sous votre toit pour cette nuit, dit le moine en s'asseyant près du chef de famille.

Il sourit à Bertille quand elle déposa devant lui une écuelle remplie avec le reste de soupe et de lardons.

— J'ai demandé asile à l'abbaye de Bonnevaux, mais les moines refusent désormais d'accueillir les voyageurs, quels qu'ils soient. La peur de la peste est trop grande !

— La peste ? s'écria Roland.

Frère Philippe lui décocha un regard étonné, avant de sourire à nouveau.

— Vous vivez dans l'ignorance du fléau, et c'est bien naturel. Votre ferme est très isolée. Et puis, j'ai remarqué, en arrivant, un chat qui guettait près de votre grange et un autre qui sortait de votre maison…

— Nous les tolérons uniquement parce qu'ils font fuir les rats, intervint Roland.

*C'est le moins qu'il puisse dire*, pensa Bertille. À la ferme, comme ailleurs, personne n'aimait les chats. On les disait peu dignes de confiance, mauvais, voire carrément maléfiques. Ils n'avaient pas de nom. Personne ne leur donnait à manger, ne leur prodiguait des soins. Quant à leur parler… On ne s'adressait à eux que pour les rabrouer, les chasser de la maison ou leur reprocher leur fainéantise, comme tante Pelonne un peu plus tôt. Non, personne n'appréciait ces bêtes-là. À part Bertille.

— Vous n'avez qu'un mot à dire, mon frère, poursuivit Roland, et nous nous en débarrasserons.

— Oh ! non ! Ce serait une erreur. Grâce à eux, vous vous évitez bien des ennuis ! Voyez-vous…

— La peste, mon frère, l'interrompit Pelonne, anxieuse. Elle rôde donc par ici ?

Frère Philippe termina sa soupe, sauça l'écuelle avec un bout de pain et s'essuya la bouche et les mains sur le linge propre que la fermière avait posé près de lui.

— Je suis rentré de Terre sainte par l'Italie, expliqua-t-il. Une fois les montagnes franchies, j'ai trouvé le Dauphiné en proie au chaos. Des villages désertés, des morts si nombreux qu'on ne pouvait plus les compter ni même tous les enterrer. Les gens sont pris de fièvre, ils tremblent, leur peau est couverte de taches noires. Ils meurent en quelques jours, parfois en quelques heures !

Pépin et Charles lâchèrent des exclamations horrifiées. Jesseline et Pelonne se signèrent vivement. Roland et Mayeul se regardèrent. L'inquiétude assombrissait leurs traits déjà plombés par la fatigue.

— D'où vient ce terrible mal, mon frère ? demanda le fermier.

— D'après ce qu'on m'a dit, la peste est apparue en Provence il y a six lunes. Depuis, elle ne cesse de se répandre. Pour certains, c'est la conjonction des trois grands corps célestes que sont Saturne, Jupiter et Mars qui cause ce fléau. Sous la pression de ces astres annonciateurs d'événements épouvantables, la terre relâche des miasmes mortels pour l'homme. Pour ma part, je pense que c'est le Tout-Puissant qui nous envoie ce mal afin de nous éprouver. À l'hôpital de Saint-Antoine, nous autres moines avons fait le vœu de soigner les pestiférés. Si Dieu veut, je serai rentré demain à l'abbaye pour aider mes frères dans leur lourde tâche.

— Le Seigneur vous préserve, mon frère, murmura Pelonne en se signant une nouvelle fois.

Des fléaux, Bertille en avait connu dans sa courte vie. La variole, responsable de la mort de sa mère et de trois petites sœurs en bas âge. La gale, qui avait défiguré son frère aîné. La maladie était le fardeau des humains, imparfaits, pécheurs, qui n'en finissaient pas d'expier le péché originel. Mais la peste semblait pire que tout.

Elle pensa à son père, maître bottier, à ses deux frères et à sa belle-sœur qui vivaient en ville, à plusieurs lieues* du Ginet. Ils n'étaient sûrement pas à l'abri comme elle. Si la peste avait atteint le bourg, sauraient-ils comment s'en protéger ? Elle avait envie de questionner le moine, mais les enfants de la famille ne prenaient jamais la parole sans y être invités.

Voyant Pépin et Charles sommeiller sur la table, frère Philippe proposa de se retirer pour la nuit. À Pelonne qui voulait que Mayeul et Jesseline lui cèdent leur lit, il répondit par un geste de refus.

— Ne changez rien pour moi, je vais m'installer devant la cheminée.

Après avoir prié avec la famille – la Vierge Marie, pour sa miséricorde, mais aussi saint Roch, le

* Au Moyen Âge, une lieue vaut 10 000 pieds, soit un peu plus de 3 km.

grand protecteur contre les épidémies – frère Philippe déroula un tapis qu'il plaça à même le sol. Pelonne appela Bertille et lui remit une peau de mouton.

— Donne-la au frère, ordonna-t-elle. Les nuits sont froides dans notre contrée !

Le moine accueillit la jeune fille et son présent avec un sourire.

— Tu me sembles bien petite pour servir, fit-il remarquer. Quel âge as-tu ?

— Treize ans, mon frère, répondit Bertille. Et je ne suis pas une servante.

Mais n'était-ce pas ce qu'elle était devenue, au fil des semaines passées dans cette ferme ? Devait-elle se plaindre pour autant ? Si elle n'avait pas été aussi frêle pour son âge, elle passerait ses journées à trimer dans les prés, comme les autres.

— Roland est mon oncle, expliqua-t-elle. Mon père m'a envoyée chez lui pour aider aux relevailles de la femme de mon cousin Mayeul, à la Pentecôte. Je suis restée pour aider la famille pendant les travaux d'été.

Un séjour aussi long n'était pas prévu. Plus les jours passaient, plus Bertille se demandait si son pressentiment n'était pas justifié. Elle se rappelait les propos de son père, la veille de son départ pour la ferme. Le bottier discutait avec l'oncle Roland près de l'âtre.

— D'ici quelques années, Bertille aura l'âge de prendre un mari, avait-il déclaré. Nous pourrions discuter d'un arrangement.

— Ce n'est pas si mal de rester en famille, avait acquiescé Roland.

Avaient-ils l'intention de lui faire épouser Pépin ou Charles ? Deux abrutis qui l'ignoraient, sauf quand il s'agissait de lui donner leurs chemises à repriser. Le mariage de Mayeul et de Jesseline avait été arrangé pour les seize ans de la jeune femme. De dix ans son aîné, Mayeul n'était guère séduisant et Jesseline avait l'air malheureuse comme les pierres. Même la naissance du petit Martin n'avait pas réussi à lui donner le sourire.

*Quitte à me marier à seize ans, autant épouser un garçon qui ait mon âge et qui me plaise*, songea Bertille. Et le visage de Quentin lui apparut, ce beau visage auréolé d'une tignasse brune qu'elle avait toujours eu envie de prendre entre ses mains. Mais Quentin était loin, à présent, peut-être même l'avait-il déjà oubliée. S'était-il seulement soucié d'elle un jour ? Chaque fois qu'elle l'apercevait dans la rue ou derrière l'étal de son père fripier, en train d'arranger les tissus sur la planche de bois, elle ne pouvait pas s'empêcher de rougir, de se mettre à parler à tort et à travers pour attirer son attention. Elle avait l'air d'une sotte. Tellement sotte que Quentin ne lui avait jamais adressé la parole que pour la saluer. Il était quand même intervenu pour la défendre, un matin que des garnements l'embêtaient dans la rue. C'était arrivé trois jours avant son départ pour le Ginet. Se seraient-ils parlé davantage, si elle était restée en ville ?

Voyant que Roland était parti se coucher et que tante Pelonne avait le dos tourné, elle se lança :

— Frère Philippe, comment peut-on se protéger de la peste ?

Le moine la considéra avec compassion.

— En Orient, les rats sont associés à la peste, répondit-il. Fuir leur présence ne peut être que salvateur. Tout comme posséder des chats qui les chassent. Mais cela ne suffit pas toujours… Il faut prier Dieu de nous garder en Sa sainte protection. Que le Seigneur veille sur toi cette nuit, jeune fille, ajouta-t-il en posant une main apaisante sur la tête de Bertille.

*

La maison ne comportait pas de chambre. Les alcôves, creusées dans le mur de part et d'autre de la cheminée, étaient occupées par les couples. Pépin et Charles dormaient dans la soupente, au-dessus de l'étable.

Bertille gravit l'échelle du fenil attenant au bâtiment principal et se fraya un chemin dans la paille, jusqu'à sa couche garnie d'une couverture en peau de mouton.

Par une brèche dans le mur de torchis, elle distinguait un croissant de lune. Tout à coup, l'astre disparut, remplacé par deux yeux luisants.

— Je t'attendais, coquin, chuchota Bertille, ravie.

Miron sauta souplement dans le fenil et la rejoignit en poussant un miaulement éraillé. Bertille passa la main dans sa fourrure. L'animal ronronnait.

— Toi, tu mangerais bien quelque chose, pas vrai ?

Elle dévoila les bouts de lard dérobés dans son écuelle au souper. Miron les avala goulûment. Puis il quémanda de nouvelles caresses, avant de s'écarter pour faire sa toilette. Bertille s'allongea sur la paille, la tête posée sur son bras replié. La vue du jeune chat l'apaisait. C'était son seul ami, à la ferme. Un ami secret, bien sûr. Il ne cherchait jamais à l'approcher dans la journée. Quant à elle, elle prenait grand soin de l'ignorer en présence de la famille. Mais elle savait qu'il errait dans les parages et qu'ils se retrouveraient le soir venu. Sans Miron, son séjour à la ferme serait désespérant de tristesse et d'ennui…

Elle l'avait découvert un soir dans le fenil, alors qu'elle venait se coucher. À sa grande déception, il s'était enfui quand elle avait essayé de l'approcher. Ce chat, avec son beau pelage roux et ses yeux vert tendre, lui inspirait plus d'affection que de crainte. Le lendemain, son cœur avait tressailli de joie quand elle l'avait retrouvé au même endroit. Cette fois, elle avait apporté de la nourriture. La peau grillée du poulet que tante Pelonne avait préparé pour le dîner du dimanche. Elle avait déposé les morceaux dans la paille, avant de reculer. Au bout d'un moment, le chat s'était approché pour les renifler. Il les avait dévorés en gardant un œil sur elle, prêt à détaler au moindre geste suspect. Bertille s'était contentée de lui annoncer qu'elle l'avait baptisé Miron – « le chat », en parler dauphinois. *Son* chat. Miron était revenu tous les soirs dans le fenil. À force de patience, elle avait réussi à gagner sa confiance. Elle n'avait pas toujours de friandises à lui donner, mais il restait tout de même auprès d'elle, s'enivrant de caresses.

Le félin s'étendit près de Bertille, les pattes repliées sous lui, la tête tournée vers la brèche. Dans la pénombre, elle voyait ses oreilles bouger au rythme des bruits qui les entouraient. Le battement d'ailes d'un oiseau de nuit, le cri d'un campagnol, le craquement de la charpente, au-dessus de leur tête… Les paupières lourdes, la jeune fille ferma les yeux. La fatigue de la journée la rattrapait. Demain, à son réveil,

Miron aurait disparu. Il la quitterait dans la nuit pour chasser les souris. Preuve qu'il repassait parfois, elle trouvait souvent un mulot mort, près de sa couche. Comme un présent, une récompense pour leur amitié.

— Bonne nuit, Miron, murmura Bertille avant de sombrer dans le sommeil.

# 2

# *Le fléau*

Bertille marchait sur le chemin qui conduisait au village. Une heure à fouler ce long ruban caillouteux, taillé à flanc de colline. Parfois, dans un tournant, les pierres cédaient la place aux gravillons, puis à un sable léger, couleur de miel, qui avait conservé l'empreinte de larges semelles souples. Quelqu'un était passé par là, un peu plus tôt. Sans doute le frère Philippe. Il n'existait qu'une seule route vers le sud et l'abbaye de Saint-Antoine, et elle passait par le village de Lieudieu, à une lieue et demie de la ferme.

Bertille aimait l'idée de mettre ses pas dans ceux du moine. Il avait été bon avec elle, et généreux avec sa famille : il leur avait offert une petite croix bénie avant de reprendre la route, tôt le matin. Si elle n'avait pas eu la vache à traire et les volailles à nourrir, elle l'aurait accompagné.

La jeune fille s'arrêta pour changer son panier de bras. Il contenait un morceau de galette et un pot de crème fraîche. Ce matin, Pelonne l'avait dispensée de ses tâches ménagères habituelles. Jesseline s'occuperait de préparer le dîner et de ranger la maison, avant de rejoindre les faneurs au Grand Pré. Bertille, elle, devait se rendre chez Robinette, pour prendre livraison des remèdes de la famille.

Robinette était la matrone du village. Sa connaissance des plantes médicinales en faisait aussi une guérisseuse appréciée. C'était elle qui avait aidé Jesseline à accoucher, en enduisant son ventre de baumes et en marmonnant des prières. Bertille ne l'avait vue qu'une seule fois, à son arrivée à la ferme, le mois précédent. Visage épais, regard perçant, stature imposante, Robinette l'avait toisée d'un air réprobateur. Sans doute se demandait-elle en quoi une fille aussi menue pouvait être d'une aide quelconque dans une ferme, et peut-être aussi comment elle pourrait porter des enfants un jour.

Bertille redoutait un peu de revoir la grosse matrone.

— Un sac d'orties et de fenouil pour que Jesseline ne manque pas de lait, des clous de girofle pour soulager les dents gâtées d'oncle Roland, et des feuilles de camomille séchées pour apaiser les maux de tête de tante Pelonne, récita-t-elle d'une voix ferme, décidée à se montrer courageuse.

Elle ne devrait pas perdre ses moyens devant Robinette. Si elle commettait la moindre erreur, tante Pelonne la lui ferait payer. Elle pensa à Miron. Le chat jouait les équilibristes sur le toit de la grange quand elle avait quitté la ferme. Si elle avait pu l'emmener avec elle, le chemin lui aurait paru moins long.

*

Le village était niché dans une petite vallée, en lisière de forêt : une vingtaine de maisons de torchis, aux toits recouverts de chaume ou de roseaux, regroupées autour d'une église en pierre.

Le long du chemin, les prés s'étendaient, à moitié fauchés. Plus loin, l'herbe séchée au soleil attendait la récolte. Bertille pénétra dans le village. La rue centrale était déserte, à l'exception d'une poignée d'oies qui se poursuivaient en battant des ailes. L'heure de tierce* était largement dépassée. Tout le monde devait être

* Heure médiévale correspondant à la troisième heure du jour, soit 9 heures du matin.

aux champs ou au jardin. Pourtant, elle n'avait pas vu âme qui vive en arrivant.

La maison de Robinette se trouvait près du lavoir, le long d'un verger clos. Bertille repéra sans mal la petite maison basse, à la façade aveugle, à l'exception d'une étroite fenêtre fermée par un volet. Alors qu'elle traversait la rue, une femme attifée d'une coiffe crasseuse jaillit d'une remise et la héla.

— Hé ! Petite ! Je ne t'ai jamais vue par ici ! D'où viens-tu ?

— J'habite au Ginet.

— Au Ginet ? s'écria la villageoise.

Elle avait la peau luisante, le regard fuyant, l'air hagard. *Une folle ?* se demanda Bertille. La femme plissa les yeux et son visage s'éclaira.

— Tu n'es pas la cousine de Jesseline, la bru de Roland Duchesne qui a accouché à Pâques ?

— C'est bien moi…

Comment cette femme la connaissait-elle ? En la regardant plus attentivement, Bertille se souvint de ses traits. Cette femme était présente à l'église, lors de la cérémonie de relevailles de Jesseline. Une certaine Thibaude.

— Comment va ta famille ? s'enquit la voisine de Robinette.

— Tout le monde se porte bien.

— Grâce à Dieu ! s'écria l'autre en se signant. Que fais-tu ici ?

— Je viens rendre visite à Robinette. Pour les remèdes de mon oncle et…

— Malheureuse ! On ne t'a donc rien dit ?

Thibaude s'approcha d'elle en levant ses bras décharnés. Alarmée, Bertille recula en serrant son panier contre elle.

— Que se passe-t-il ? demanda-t-elle, tout en réalisant qu'elle connaissait déjà la réponse.

Les yeux globuleux de Thibaude roulèrent sur la gauche, en direction de la petite maison de la guérisseuse.

— Robinette a été enterrée il y a trois jours, annonça-t-elle d'une voix sombre. Toutes ses belles potions ne lui ont servi à rien contre le mal ! Elle a succombé en moins de temps qu'il n'en faut pour le dire. Comme la moitié de ce village, d'ailleurs !

— La moitié du village ? balbutia Bertille. Vous voulez dire que la…

Elle dut se faire violence pour prononcer le mot.

— … la peste est arrivée jusqu'ici ?

— Le grand mal, oui ! s'écria Thibaude en agitant une fois de plus ses longs bras maigres. Il faut nous repentir de nos péchés, si nous voulons être sauvés.

Repens-toi de tes péchés, ma petite, et Dieu, dans sa grande miséricorde, te gardera en vie !

Bertille recula encore. Cette femme, avec ce regard fou, ne lui inspirait pas confiance. Sa terreur du fléau lui avait peut-être ôté la raison. Elle devait se rendre compte par elle-même de la disparition de Robinette. Elle se tourna vers la maison de la matrone guérisseuse, mais Thibaude lui barra le passage.

— Que cherches-tu, petite ? gronda-t-elle, les yeux étincelants. Veux-tu mourir du grand mal, toi aussi ! Crois-moi, il rôde encore dans cette demeure !

Bertille remarqua la croix blanche peinte sur la porte de Robinette. Au même moment, elle perçut un concert de cris et de lamentations. Un homme vêtu d'une longue chemise immaculée sortit d'une ruelle. Il portait à bout de bras un crucifix en bois. Une poignée d'individus marchaient près de lui, têtes et torses nus, munis de fouets aux longues lanières de cuir. Tout en marmonnant des prières, ils lançaient leur fouet par-dessus leurs épaules. Les lanières mordaient la chair, projetant des gouttelettes de sang tout autour d'eux. Leurs dos écorchés, striés d'entailles profondes, n'étaient qu'une immense plaie. Des femmes en deuil accompagnées de leurs enfants les suivaient en se griffant le visage, des chapelets enroulés autour des doigts. Bertille les contempla avec horreur. Les habitants de ce village autrefois si paisible étaient-ils devenus fous ?

— Repentez-vous, pauvres pécheurs, martelait l'homme en blanc. Repentez-vous et le Seigneur vous pardonnera !

À sa vue, le visage de Thibaude s'illumina.

— Les pénitents ! s'écria-t-elle. Joignons-nous à eux, et nous serons sauvées !

Elle tendit la main pour empoigner le bras de Bertille et l'entraîner avec elle, mais la jeune fille se déroba. Se joindre à cette foule délirante, pour s'abîmer dans la démence avec eux ? Décidément, cette Thibaude n'avait plus toute sa tête.

— Non, protesta-t-elle. Je n'ai pas besoin de cela pour être protégée. À la ferme de mon oncle, je suis à l'abri.

— À l'abri ? rétorqua Thibaude. Comment peut-on être à l'abri d'un mal aussi grand ?

Bertille chercha une échappatoire. Elle n'avait pas envie de répondre. Juste de fuir le regard halluciné de cette femme, les vociférations du groupe de pénitents, ce village frappé par la mort. Mais Thibaude lui faisait peur. Elle la croyait capable de tout, avec ses longs bras terminés par des mains squelettiques, repliées comme des serres.

— Comment vous protégez-vous du mal, au Ginet ? répéta la villageoise en se rapprochant.

— Avec… avec les chats, bégaya Bertille. Ils font fuir les rats. Les rats qui apportent la peste !

Thibaude la fixa d'un air hébété, et la jeune fille en profita pour lui fausser compagnie.

— Des chats ? s'exclama la folle derrière elle.

Mais Bertille était déjà loin. Elle courait sur le chemin, vers la sortie du village, en poussant de toutes ses forces sur ses petites jambes. Elle dépassa les prés abandonnés, les foins que personne ne récolterait jamais, s'élança courageusement à l'assaut de la colline et ne s'arrêta que lorsque la dernière maison eut disparu derrière le coteau.

Hors d'haleine, coupée en deux par la douleur, elle s'étrangla et toussa longuement avant de réussir à reprendre son souffle. Jamais elle n'avait couru aussi vite ni aussi longtemps. Elle avait perdu son bonnet, déchiré son bliaud, mais elle avait sauvé le panier. À l'intérieur, la galette s'était émiettée et le pot de crème fraîche s'était renversé. Tante Pelonne serait furieuse en découvrant le gâchis, mais elle ne la punirait pas quand elle apprendrait la terrible nouvelle : la peste ravageait Lieudieu.

Bertille se remit en chemin malgré la douleur qui pointait toujours sous les côtes. Elle devait fuir cet endroit de malheur. Regagner sans tarder son refuge. Le fenil, le ciel étoilé au-dessus de sa tête, son cher Miron ronronnant près d'elle.

À la pensée de son ami, la jeune fille pressa le pas.

# 3

# *Serviteurs du diable*

Courbée au-dessus des casiers remplis de paille, Bertille ramassait les œufs. Un rayon de soleil matinal traversait le poulailler et lui réchauffait le dos et le cœur, comme un baume sur une plaie.

La journée de la veille avait été terrible. En la voyant déboucher dans le Grand Pré, décoiffée, les vêtements maculés de sueur et de poussière, Pelonne avait lâché sa fourche. Bertille ne lui avait pas laissé le temps de se mettre en colère. Elle avait tout raconté. La mort de Robinette, l'épidémie de peste qui endeuillait le village, les pénitents armés de leurs fouets. Son oncle et sa tante s'étaient regardés. Ils s'attendaient sûrement à ce qu'elle présente une excuse pour avoir manqué à sa mission, mais son histoire était trop grave pour avoir été inventée. C'était comme un nuage masquant subitement le soleil.

— Qu'allons-nous devenir ? avait demandé Pelonne à son mari.

Roland s'était gratté le menton.

— Tant que nous restons au Ginet, nous sommes à l'abri, avait-il déclaré. Le mal passera… Attendons quelque temps, et nous retournerons au village pour prendre des nouvelles.

Ce jour-là, la famille était rentrée tôt à la ferme. Avant même la tombée de la nuit, Pelonne avait fermé l'unique fenêtre et placé la barre de bois en travers de la porte, tout en récitant des prières à saint Roch. Réfugiée au fenil, auprès de Miron, Bertille avait longtemps cherché le sommeil. La présence réconfortante du chat ne suffisait pas à chasser les images qui l'obsédaient.

Les yeux ouverts dans le noir, elle revivait, encore et encore, son arrivée dans le village déserté, son échange avec Thibaude, sa fuite effrénée à travers la campagne. Écrasée de fatigue, elle avait dormi quelques heures, d'un sommeil agité.

Ce matin, pourtant, le retour du jour avait chassé les angoisses. Roland et ses fils étaient partis avec la charrette pour rapporter les gerbes de foin d'un pré voisin, pendant que les femmes s'occupaient des bêtes de la ferme. Bertille plaça le dernier œuf dans le panier d'osier. Son oncle avait raison. Au Ginet, à l'écart de la civilisation, la famille était en sécurité.

Une légère pression contre ses jambes lui fit baisser les yeux. En plein sur le regard vert de Miron.

— Qu'est-ce que tu fais ici, toi ? le gronda-t-elle doucement. Tu sais que nous devons éviter de nous croiser dans la journée !

Le chat laissa échapper un miaulement enroué et se frotta contre sa jupe. Attendrie, la jeune fille se baissa pour le caresser.

— Je n'ai rien à te donner à manger, chuchota-t-elle. Tu devras te contenter de ça !

La voix d'oncle Roland retentit dans la cour, et Bertille se redressa en vitesse. Personne ne devait la surprendre avec le chat. Tandis qu'elle sortait du poulailler, d'autres voix lui parvinrent. Juché sur la charrette remplie de bottes de foin que Mayeul et Pépin rentraient dans le fenil, son oncle discutait avec un homme en soutane : le père Dominique, le curé de la paroisse qui avait dirigé la cérémonie des relevailles de Jesseline. Un individu habillé d'un long froc blanc se tenait près de lui. Le pénitent à la croix de Lieudieu.

Bertille lâcha son panier et se dissimula derrière la

margelle du puits. Les deux visiteurs n'étaient pas seuls. À présent, elle distinguait d'autres personnes entre les barreaux de la charrette qui se délestait peu à peu de son chargement : quatre hommes vêtus eux aussi de chemises blanches, et deux femmes, parmi lesquelles Bertille reconnut Thibaude. La vieille folle jetait des coups d'œil de tous côtés et la jeune fille se recroquevilla un peu plus dans sa cachette.

Pour quelle raison ces gens avaient-ils fait la longue route depuis Lieudieu ? Un sombre pressentiment l'assaillit.

— Je suis au courant, disait Roland. Hier, ma nièce est descendue au village pour faire une course. Elle m'a raconté ce qu'elle a vu.

— Alors tu ne refuseras pas de participer à la cérémonie de mortification que je conduirai demain avec le frère Paul, répondit le père Dominique.

Le pénitent en froc blanc acquiesça.

— Nous devons nous repentir sans tarder, ou le châtiment du Tout-Puissant sera sans pitié.

— Eh bien…

Roland se gratta le menton, lorgnant du côté de la ferme. Pelonne était sortie de la maison et écoutait en silence, la mine soucieuse. Mayeul et ses frères avaient cessé d'engranger le foin. Bertille n'avait aucun mal à deviner ce qu'ils pensaient. Ils n'avaient aucune envie de se déplacer au village, où l'épidémie faisait rage. Ils étaient en sécurité dans leur ferme. Le père Dominique fronça les sourcils.

— Pourquoi hésites-tu, Roland ? Quand le mal s'abat sur nous, il faut le combattre.

Le frère Paul pointa un doigt accusateur en direction de la grange.

— Le mal règne déjà en ces lieux : voyez ce chat !

Le souffle coupé, Bertille aperçut le matou noir, le plus sauvage des félins de la ferme, qui longeait le mur de la grange, les oreilles aplaties par la peur.

— Le noir est la marque du diable ! décréta le pénitent d'un ton menaçant.

Roland s'empressa d'intervenir.

— Pardonnez-moi, mon frère, celui-ci n'est pas complètement noir. Voyez son poitrail blanc…

— La marque de la main de Dieu, admit le pénitent. Mais je sais aussi que le chat est un animal maléfique. Le pape Grégoire IX l'a clairement désigné comme le serviteur du diable. Il n'est pas bon de tolérer de telles créatures dans sa demeure…

— Nous en avons trois, c'est vrai, mais ils ne sont là que pour chasser les souris. Vous savez les dégâts que les rongeurs causent aux récoltes !

Le père Dominique eut l'air embarrassé, mais frère Paul secoua la tête.

— Trêve de beaux discours, asséna-t-il. Nous sommes venus te trouver, Roland, parce que ta nièce a tenu d'étranges propos au village.

— Ma nièce Bertille ? s'étonna le paysan. Qu'a-t-elle dit ?

— Elle prétend que les chats vous protègent de la peste. Les créatures maléfiques ne protègent rien ni personne, à part leurs maîtres. Et je vois que le grand mal a ravagé tout un village, alors que toi et ta famille êtes en pleine santé !

— Ce n'est pas possible, balbutia Roland. Ma nièce n'a pas pu parler ainsi...

— Je l'ai entendue comme je t'entends, brailla Thibaude. Elle a refusé de se joindre à la procession de pénitence !

— Si tu refuses de te joindre à nous, toi aussi, je serai obligé d'en tirer certaines conclusions, ajouta le père Dominique.

— C'est par eux que le grand mal est arrivé ! cracha Thibaude, surexcitée. Avec leurs chats, ils ont jeté un maléfice sur le village !

— Non ! protesta Pelonne. Nous n'avons que faire de ces maudits chats ! Prenez-les et tuez-les, pour le salut de nos âmes !

La fermière guetta l'approbation de son mari, mais celui-ci fixait le père Dominique, l'air abasourdi. Dissimulée derrière le puits, Bertille retenait sa respiration. Son cœur battait à exploser. Ce qu'elle entendait dépassait de loin ses pires craintes. Elle chercha Miron des yeux. Indifférent au drame qui se jouait dans la cour, le chat faisait un brin de toilette devant le poulailler. *Va-t'en !* avait-elle envie de crier. *Cours te cacher dans le bois, avant qu'il ne soit trop tard !* Mais elle était incapable de parler.

— Tuez les chats, répéta Pelonne avec véhémence. Et prenez aussi Bertille.

Bertille se figea. La prendre, elle ? Elle avait dû mal entendre. Pour quelle raison sa tante aurait-elle prononcé son nom ? La paysanne se planta devant le père Dominique.

— Il y a quelque chose d'anormal chez cette enfant, cria-t-elle. Je l'ai senti dès que je l'ai vue. Je ne voulais pas qu'elle vienne chez nous. Pas seulement parce qu'elle est plus mince qu'un fétu de paille et que je ne voyais pas comment elle pourrait nous être utile aux travaux des champs. Elle ne m'inspirait pas confiance ! Maintenant, je sais pourquoi. Elle parle le langage du Mal !

Semblant sortir de sa torpeur, Roland opina lentement.

— Ma femme dit vrai, déclara-t-il. Si ma nièce a tenu ce genre de propos, nous ne pouvons pas la garder avec nous.

— Allez la chercher, ordonna le père Dominique.

— Et attrapez aussi les chats, ajouta frère Paul. Nous dresserons un bûcher ce soir.

*Un bûcher.* Ce fut comme si une aiguille avait piqué Bertille, lui traversant le cœur de part en part. Elle se précipita à l'entrée du poulailler. Miron se laissa attraper sans protester. Un bref instant, elle s'étonna de sa docilité et de sa légèreté. Le chat serré dans ses bras, la jeune fille s'élança en direction du vallon boisé qui s'étendait derrière les dépendances.

*

Bertille glissa dans l'herbe grasse, tomba sur les fesses et dévala la pente jusqu'au ruisseau qui coulait en contrebas. Miron tenta de se dégager, mais elle resserra son emprise. Ils l'avaient peut-être vue s'échapper, son oncle, ses cousins, ou ce frère Paul aux yeux de buse. Ils couraient derrière elle, s'efforçant de la rattraper. Pépin et Charles, les plus jeunes et les plus agiles, gagneraient vite du terrain. Elle ne les laisserait pas la reprendre.

Bertille traversa le ruisseau d'un bond et s'enfonça dans le bois. Le terrain montait en pente douce à travers un enchevêtrement de fougères et de buissons épineux. Accrochant ses vêtements aux branches et aux ronces, elle poursuivit son ascension jusqu'au sommet. Une fois parvenue dans une petite clairière, elle se laissa tomber sur le sol pour reprendre son souffle. Miron en profita pour s'échapper. Le dos rond, les poils hérissés, le chat s'enfuit en feulant entre les arbres.

— Reviens, Miron ! l'implora Bertille. Ne retourne pas à la ferme ! Ils te veulent du mal !

Sa voix n'était qu'un murmure et le félin disparut dans un fourré. La jeune fille écouta longtemps. Le bois était paisible. Si on l'avait suivie, on avait perdu sa trace dans le vallon. À moins qu'on ne se soit pas donné la peine de la pourchasser. On voulait se débarrasser d'elle, et elle avait rendu service à tout le monde en partant d'elle-même.

À cette pensée, une peur nouvelle la saisit. Elle était seule dans cette forêt, sans abri ni nourriture. Il était impossible de retourner à la ferme de son oncle, ou de chercher asile à Lieudieu. Pourtant, elle devait trouver une solution. Trouver un lieu sûr avant la tombée de la nuit.

— Miron ! appela Bertille.

Le bois demeura silencieux. Ravalant ses larmes, elle se leva et chercha l'orientation du soleil à travers les frondaisons. En descendant la colline et en continuant droit devant elle, elle devrait rejoindre la route de Lieudieu. Bien sûr, il lui faudrait contourner le village en passant à travers champs, mais elle retrouverait vite la bonne direction.

La charrette de son oncle l'avait conduite de La Côte au Ginet en moins d'une journée. Combien de temps lui faudrait-il pour parcourir le même chemin à pied ? Elle ne devait pas perdre un instant si elle comptait rentrer chez elle avant la nuit. Pourtant, elle hésitait à partir. Et si Miron s'était seulement éloigné ? Elle ne pouvait se résigner à l'abandonner. Derrière elle, une branche craqua. Elle se retourna, pleine d'espoir.

— Miron ?

Un oiseau s'envola bruyamment à travers les feuillages. Le bois retrouva son calme. Le cœur de Bertille se serra. Il était inutile, même dangereux, d'attendre davantage. Après un dernier regard autour d'elle, la jeune fille s'enfonça à nouveau dans la forêt, en direction du sud.

# 4

# *L'ombre de la mort*

Bertille cligna des paupières. La sueur lui coulait dans les yeux et l'air surchauffé vibrait autour d'elle, brouillant les formes et les couleurs. Depuis près d'une lieue, la route serpentait entre des étangs. Les étendues d'eau verte miroitaient sous le soleil, immobiles et silencieuses. Pas le moindre bourdonnement, le plus léger battement d'ailes. Les animaux devaient se terrer dans leur repaire, à l'abri de la chaleur.

La jeune fille se réfugia à l'ombre d'un bosquet d'aulnes pour se reposer. De l'autre côté d'un mur écroulé, un cerisier ployait sous le poids de fruits trop mûrs. Elle en fourra plusieurs dans sa bouche et les mâcha avidement. Le jus sucré coula dans la gorge desséchée, apaisant la faim qui la tenaillait.

Bertille resta un long moment à se gaver de cerises. Si seulement elle avait eu une besace avec elle ! Elle l'aurait remplie de fruits. Combien de temps encore devrait-elle marcher avant de trouver de la nourriture ? Depuis qu'elle avait rejoint la route, au sud de Lieudieu, le long ruban ocre se déroulait, monotone, sous le soleil brûlant. Pas une maison, ni homme ni bête à l'horizon. À croire qu'elle était seule au monde…

Il fallait bien repartir. L'astre du jour dominait toujours le ciel, mais il avait amorcé son déclin. Dans quelques heures, il ferait nuit. Les bêtes sauvages sortiraient de leur tanière. Elle n'avait aucune envie de se retrouver face à un loup ou un sanglier. Bertille songea à son refuge du Ginet, au fenil rempli de paille sous le toit de bardeaux, aux ronronnements de Miron. Ces bons moments n'étaient plus que des souvenirs. Qu'était devenu le chat ? Elle espérait qu'il n'avait pas eu la sottise de rentrer à la ferme. Si Pelonne avait dû batailler pour capturer le noir et le gris, elle n'aurait aucune peine à s'emparer du docile Miron. À l'idée du massacre qui se préparait, un frisson glacé la parcourut des pieds à la tête. Elle avait assisté à un bûcher de chats quand elle était enfant. Elle n'avait pas bien compris pourquoi on avait érigé ce tas de bois sur une place de la ville, mais l'image des félins enfermés dans des sacs et jetés vivants dans les flammes s'était imprimée en elle pour toujours.

La jeune fille se remit en marche, le cœur lourd. Après le mur, la route croisait un chemin à ornières envahi par les herbes folles. Bertille s'immobilisa. L'angle d'un bâtiment en torchis saillait au bord du chemin, derrière une haie de broussailles. Une maison ! Elle eut envie de s'y précipiter pour demander l'hospitalité. Ce n'était sûrement pas la chose à faire. Elle ignorait qui vivait là. Rien ne lui garantissait qu'on lui fasse bon accueil. Le frère Philippe n'avait-il pas dit que même les moines de l'abbaye de Bonnevaux refusaient de recevoir des étrangers, par peur de la peste ? Le grand mal l'avait peut-être devancée… Elle devait rester prudente.

Une demi-douzaine de maisons étaient regroupées au bord du chemin. Basses, sombres, leurs toits de roseaux touchant presque le sol. Perchée sur la margelle d'une fontaine, à l'entrée du hameau, une poule accueillit Bertille par des caquètements. La jeune fille trempa les mains dans l'eau. Elle était claire et fraîche. Après s'être aspergé le visage, elle but dans ses mains en coupe. Puis elle se redressa, s'attendant à être abordée par un habitant des lieux. L'endroit restait silencieux et désert. Ni les cris de la poule ni son arrêt prolongé à la fontaine n'avaient suscité de réaction dans le hameau.

Bertille s'approcha de la première maison, frappa à la porte. Personne ne répondit. Elle passa à la suivante. Un volet était ouvert sur une pièce sombre. Un mouvement, à l'intérieur, attira son attention. Un essaim de mouches. Elle se figea, prenant conscience du bourdonnement croissant. Une odeur putride s'insinua dans ses narines.

Bertille s'écarta, horrifiée. Son regard embrassa les maisons muettes, les jardins envahis par l'herbe, les étables vides. La peste avait ravagé ce hameau, tué ses occupants et poussé les survivants à l'exode. La porte de la dernière masure était ouverte, comme si on en était sorti précipitamment. Un banc renversé gisait en travers de l'entrée, les morceaux d'une cruche brisée jonchaient le sol.

Les bras serrés autour de son corps tremblant, Bertille s'approcha en s'efforçant de recouvrer son calme.

La maison était composée d'une unique pièce dominée par une large cheminée. Une alcôve creusée dans le mur se devinait au fond, dans la pénombre. Une vague odeur de cendre froide et de lait caillé flottait dans l'air, mais elle ne repéra aucune mouche. Tout en gardant un œil sur l'alcôve, elle explora rapidement la pièce. La huche était vide, tout comme le cellier. Sur la table, elle récupéra une pierre à briquet, un petit couteau, deux bouts de chandelle. Derrière la porte, elle découvrit un sac en toile et un manteau à capuchon pendus à un clou. Le manteau avait dû appartenir à un homme, il était bien trop grand pour elle, mais elle décida qu'il lui servirait de couverture.

Les menus objets glissés dans le sac, Bertille se dépêcha de quitter la maison. Dehors, le soleil avait plongé derrière une colline. Il était temps de trouver un abri. Elle savait qu'elle serait incapable de dormir dans le hameau.

En rebroussant chemin pour regagner la grande route, elle aperçut la poule qui picorait devant un enclos.

— C'est là que tu dors ? lui lança-t-elle.

Pour toute réponse, le volatile lui tourna le dos et pénétra dans l'enclos. Sur un perchoir, en hauteur, Bertille découvrit une demi-douzaine d'œufs. Elle récupéra ceux qui lui semblèrent intacts et les glissa dans son sac.

Les vestiges d'un colombier se dressaient dans un pré, juste derrière le poulailler. La jeune fille s'y aventura prudemment. L'édifice sentait la fiente et la paille rance. Des chiures de pigeons maculaient le sol. Une échelle permettait d'accéder à l'étage supérieur. Un refuge idéal pour passer la nuit.

Installée sur l'étroite plateforme qui desservait les boulins, Bertille ouvrit son sac pour récupérer une chandelle et la pierre à briquet. Un léger souffle d'air lui fit tourner la tête. Une ombre glissa sur le sol, à l'étage inférieur.

La jeune fille retint son souffle, aux aguets. Le colombier était silencieux. Pourtant, son instinct lui soufflait qu'elle n'était plus seule. Elle se retourna complètement. L'échelle était toujours en place. Elle aurait dû la retirer et la ranger sur la plateforme. À présent, elle n'osait plus la récupérer. De peur que cette chose, en bas, ne lui agrippe les mains et ne l'entraîne avec elle. Pétrifiée, elle fixa les barreaux. Ils ne bougeaient pas. La chose attendait-elle que la nuit soit complètement tombée pour l'attaquer ? Le crépuscule prenait possession du colombier…

Les mains tremblantes, Bertille s'activa à allumer une chandelle. Des brins de paille s'éparpillèrent sur son manteau. Elle leva les yeux. Une forme sombre dépassait d'un boulin, juste au-dessus d'elle. Une paire d'yeux brilla dans l'ombre. Terrorisée, la jeune fille laissa tomber la pierre à briquet. Un miaulement déchira le silence. Bertille hurla.

— Miron !

C'était bien lui, avec son pelage roux et ses yeux verts qui la fixaient d'un air étonné. Elle tendit les bras pour l'attraper.

— Tu m'as fait peur, vilain chat ! gronda-t-elle, partagée entre le rire et les larmes. Où étais-tu passé ? Je croyais t'avoir perdu !

Miron ronronnait. Elle le couvrit de caresses. Il avait dû la suivre de loin depuis Lieudieu, peut-être dès la lisière du bois où il s'était enfui.

— Tu étais furieux parce que je t'ai emmené de force avec moi ? Mais tu ne sais pas ce qui nous attendait à la ferme !

Elle frissonna en constatant que la nuit était complètement tombée. Le bûcher avait dû flamber sur la place du village. Bertille prit le chat contre elle.

— Je n'ai rien à te donner à manger, lui confia-t-elle. Tu devras te débrouiller pour chasser cette nuit. Mais sois ici demain matin ! Nous repartirons à l'aube.

*

Lorsqu'elle ouvrit les yeux, le colombier était plongé dans l'obscurité. Une chouette poussait des cris aigus quelque part au-dessus d'elle. Quelque chose lui effleura les pieds.

— Miron ? chuchota-t-elle.

La pression s'accentua sur ses chevilles. Au même moment, elle perçut un mouvement au-dessus de sa tête. Alarmée, Bertille se redressa et chercha la pierre à briquet. Une flamme éclaira brusquement la plateforme, l'alignement des boulins creusés dans le mur. Et les dizaines de bêtes velues qui l'entouraient. Des rats.

Bertille bondit sur ses pieds en hurlant. Un feulement de colère répondit à son cri d'effroi. Miron jaillit devant elle, tel un éclair roux fondant sur la horde grouillante. Les rongeurs détalèrent et l'animal s'élança à leur poursuite dans les hauteurs du colombier.

— Miron ! appela Bertille, affolée. Reviens, il ne faut pas rester ici !

Elle devait partir sans attendre. Au diable la nuit, les bêtes sauvages qui erraient dehors. Dans ce colombier, elle était à la merci des rats. *De la peste.*

À la lueur tremblotante de la chandelle, Bertille rassembla en hâte ses affaires, saisit les barreaux de l'échelle et entama sa descente. Les rats avaient repris confiance, ils couraient partout sur la plateforme, entraient et sortaient des boulins. Elle chercha Miron des yeux. Les rats l'avaient-ils piégé dans leur repaire ? Ou s'était-il enfui à nouveau ?

— Sainte Gertrude, protégez-nous ! bégaya-t-elle. Éloignez ces rats, ne les laissez plus nous approcher !

Elle n'attendit pas le dernier barreau pour sauter sur le sol et se rua vers la sortie du colombier.

La campagne était baignée par la clarté de la lune. Une vague lueur, à l'est, annonçait le lever du jour. Soulagée, Bertille regagna la grande route en courant. Arrivée au carrefour du hameau, elle s'arrêta pour reprendre son souffle. Le cuir de son soulier droit était abîmé. Une empreinte de dents. Un rat l'avait attaquée, et il avait bien failli la blesser. Par chance, elle était saine et sauve. Et Miron ?

La jeune fille se tourna vers le colombier. Le chat était-il resté là-bas pour chasser les rats ? Elle n'osait pas retourner le chercher, encore moins reprendre la route sans lui. Elle hésitait encore quand elle l'aperçut qui trottait à sa rencontre. Son pelage était maculé de taches sombres et il tenait un rat dans sa gueule.

— Miron ! cria-t-elle.

Le félin passa devant elle en l'ignorant superbement et s'arrêta un peu plus loin pour dévorer sa proie. Bertille l'observa, inquiète. Avait-il été mordu ? Elle le laissa manger et faire sa toilette sans réussir à l'approcher. Quand, enfin, il vint vers elle, elle constata que son pelage était propre. Elle en fut rassurée.

— Tu t'es roulé dans la fiente de pigeon, petit sauvage ! dit-elle en le gratifiant d'une caresse.

Lorsqu'elle se leva pour partir, le chat se mit en route à sa suite.

Miron gambadait toujours derrière elle, lorsque, des heures plus tard, Bertille vit apparaître les murailles de La Côte. La ville s'étendait sur le flanc d'une colline dominée par les tours d'un imposant château. Il était temps. Le ciel s'était voilé en milieu d'après-midi. Un vent d'orage soufflait, arrachant au chemin des tourbillons de poussière. La jeune fille avait pressé le pas, mais elle avait pris du retard en s'écartant de la route pour éviter les maisons et les éventuels voyageurs. Les derniers œufs avaient été gobés depuis longtemps, le ruisseau auquel elle s'était désaltérée, peu après son départ du colombier, n'était qu'un vieux souvenir. La faim et la soif la taraudaient plus cruellement que la veille.

Elle s'accroupit derrière une haie de lauriers pour revêtir le grand manteau de lin.

— Miron ! appela-t-elle.

Le chat la rejoignit en trottinant. D'un geste habile, elle se saisit de lui et le plaça dans le sac. Le félin se tortilla pour se dégager. Bertille se hâta de resserrer les liens.

— Pardonne-moi, Miron, chuchota-t-elle. C'est le seul moyen pour toi d'entrer sain et sauf dans la ville !

Leurs chemins auraient pu se séparer aux portes du bourg. Mais elle ne pouvait se résoudre à abandonner son ami. Il l'avait suivie jusqu'ici, il la suivrait encore.

Elle devait juste prendre quelques précautions. La Côte avait déjà été le théâtre de massacres d'animaux. La présence d'un chat ne laisserait pas la population indifférente. Surtout pas en période de fléau… Son père et ses frères étaient plus ouverts d'esprit que son oncle, elle était persuadée de leur faire accepter Miron. Il leur faudrait seulement veiller à ce qu'il ne sorte jamais de la maison.

Sans plus attendre, Bertille s'élança sur la route de la ville. En gravissant le coteau, elle remarqua que la grande porte était close. La peur de la peste, sûrement. Un obstacle de plus à franchir. Dans le sac caché sous les pans du manteau, Miron se tortillait et donnait des coups de patte. Elle aurait voulu lui parler, mais elle distinguait déjà les silhouettes des gardes qui veillaient sur le chemin de ronde. Au-dessus d'elle, le ciel zébré d'éclairs avait pris la couleur du crépuscule. De grosses gouttes s'écrasaient sur la route quand elle parvint enfin au pied des murailles.

— On n'entre plus dans cette ville sans y être autorisé, lui lança un garde en se penchant aux créneaux. Qui es-tu et pourquoi viens-tu ici ?

— Je m'appelle Bertille, je suis la fille du cordonnier Duchesne qui exerce près de la place du gibet. Je rentre d'un séjour chez mon oncle, près de Lieudieu.

— Ôte ton capuchon, que je voie mieux ton visage.

Bertille s'exécuta. La pluie lui fouetta les joues et elle cligna des yeux. Le garde héla un de ses compagnons.

— Estienne ! Toi qui habites près du gibet, tu la reconnais ? Elle prétend être la fille Duchesne.

— C'est bien elle, Renaud. J'ai l'habitude de donner mes bottes à ressemeler au père Duchesne. Je la vois dans l'atelier.

— Il y a la peste à Lieudieu, décréta Renaud. Elle l'apporte peut-être avec elle !

Estienne haussa les épaules.

— Moi, je trouve qu'elle a l'air en bonne santé.

— La peste a touché Lieudieu, c'est vrai, admit Bertille. Mais moi je logeais à plus d'une lieue du village. Le grand mal n'est pas allé jusque-là.

Ces palabres commençaient à l'agacer. Miron s'énervait de plus en plus et il finirait par les faire démasquer. Renaud la scruta en faisant la moue.

— Pourquoi es-tu seule ? demanda-t-il. Ton oncle aurait pu te raccompagner.

— Il l'a fait. Seulement…

Miron laissa échapper un miaulement. Bertille se figea, terrifiée. Le garde l'avait sûrement entendu. Ne valait-il pas mieux partir tout de suite ? Mais où irait-elle ? La pluie tombait de plus en plus serrée, le tonnerre grondait sur la colline. La voix de Renaud la fit tressaillir.

— Seulement quoi ?

Le garde la toisait, visiblement agacé. Il n'avait donc rien remarqué ! Bertille reprit un peu d'aplomb.

— Seulement mon oncle m'a laissée au carrefour de la croix, à une lieue d'ici, déclara-t-elle. Il ne voulait pas s'approcher de la ville car il craignait d'y trouver la peste.

Le garde fixa Bertille, l'air stupéfait. Miron s'agitait toujours et elle sentit le rouge lui monter aux joues. Pourvu que l'homme se contente de sa réponse et qu'il donne l'ordre d'ouvrir la porte ! Il essuya l'eau qui lui coulait dans les yeux et se pencha une nouvelle fois au créneau. Sa voix gronda aux oreilles de Bertille comme le tonnerre au-dessus de la ville.

— Que caches-tu sous ton manteau ?

# 5

# *Gersande*

Bertille fixa le garde, incapable de répondre. Il savait. Il était inutile de mentir. Il lui demanderait d'ouvrir son sac, et elle serait perdue. En partant tout de suite, elle avait encore une chance de se sauver. Un éclair déchira le ciel au-dessus de la ville et le tonnerre explosa aux oreilles de la jeune fille. La pluie redoubla de violence.

— Tu es sourde ? s'énerva Renaud. Écarte les pans de ton manteau, que je puisse voir ce que tu transportes.

Il était temps de fuir. *Va-t'en, Bertille, maintenant !* Elle pensa à la campagne noyée sous l'orage. Elle avait marché deux jours sous un soleil brûlant, sans presque rien manger ni boire. La perspective de partir à l'aventure sous la pluie, le ventre vide, était au-dessus de ses forces. Elle s'entendit bredouiller :

— C'est… c'est juste... un sac de linge, que j'ai mis à l'abri de l'orage.

— Montre donc !

— Je vous en prie, messire ! Si je vous le montre, il sera mouillé et je n'aurai rien pour me changer en rentrant chez mon père.

— Ça suffit, Renaud !

Bertille cligna des yeux sous la pluie. Le garde Estienne venait de réapparaître au créneau, enveloppé dans une cape en cuir.

— Assez de bavardages ! lança-t-il à son compagnon. Cette fille habite la ville, elle est saine d'esprit et de corps. Laissons-la entrer, et allons nous abriter de cette maudite pluie, ou nous aussi nous attraperons la mort !

— Soit, grogna Renaud.

Un des battants de la grande porte s'entrouvrit sous les yeux incrédules de Bertille. Après tant d'épreuves et d'angoisse, avait-elle atteint son but ? Peut-être se jetait-elle dans un piège… Il était trop tard pour douter. Résolue à faire confiance, elle se glissa dans l'entrebâillement. Il faisait sombre sous le porche d'entrée. Une unique torche brûlait sur le seuil de la salle des gardes. Les hommes qui avaient ouvert la porte la saluèrent d'un signe de tête. Elle était trop hébétée pour pouvoir leur répondre.

Autour de la place qui jouxtait la tour de veille, les façades des maisons étaient noires de suie, leurs ouvertures béaient sur des décombres fumants. Les rares portes encore intactes étaient marquées d'une sinistre croix blanche, identique à celle qui condamnait le logis de Robinette, à Lieudieu.

— Le feu les a nettoyées du mal, expliqua Estienne qui l'avait rejointe. La peste nous a durement frappés. Les médecins ont fui la ville, comme la plupart des notables. Beaucoup de gens sont morts, d'autres ont choisi de partir, sans toujours réussir à échapper à leur destin. Nous avons repoussé plusieurs attaques de pillards. À présent, tout va mieux. Puisses-tu retrouver ta famille.

— Merci, souffla Bertille.

La jeune fille s'éloigna d'un pas rapide, sans se soucier de l'immense flaque qu'était devenue la rue. Elle n'avait qu'une envie : courir jusqu'à l'atelier Duchesne, retrouver son père et ses frères. Mais elle ne devait pas oublier Miron. Le chat avait fini par se calmer. Il ne remuait presque plus. Tournant brusquement dans une ruelle, hors de vue des gardes, elle s'accroupit pour ouvrir son sac.

— Nous avons réussi, Miron ! chuchota-t-elle. Nous sommes entrés ! Je peux te libérer, à présent.

Les pupilles dilatées, le poil hérissé, le chat dédaigna ses caresses et fila se réfugier sur le toit d'une remise.

— Où vas-tu ? protesta Bertille. Reste près de moi !

Sans même lui accorder un regard, le félin bondit sur un autre toit et se faufila dans un trou, sous la couverture de chaume. En un clin d'œil, il avait disparu. Atterrée, Bertille l'appela encore, mais il resta invisible. Quelle idée avait-elle eue de vouloir le relâcher alors qu'ils n'étaient pas encore en lieu sûr ? Elle aurait dû prévoir qu'il s'enfuirait. Encore une fois.

Un homme sortit d'une maison, à l'autre bout de la ruelle. Il la toisa d'un regard méfiant et elle réalisa qu'il était dangereux de s'attarder dans ce passage. Miron retrouverait sûrement sa trace chez son père. Le cœur inquiet, elle s'enfonça dans la ville.

*

Les rues battues par la pluie étaient désertes. Les rigoles charriaient moins d'ordures et d'excréments que dans son souvenir, mais la puanteur demeurait bien présente. Où qu'elle regarde, elle voyait des maisons calcinées ou marquées d'une croix blanche. Sur son passage, des visages curieux apparaissaient aux fenêtres, des portes et des volets se fermaient brusquement.

Aux carrefours, des feux purificateurs crépitaient sous l'averse en dégageant une fumée âcre.

Bertille se sentait amère. C'était donc cela que les gardes avaient pour mission de protéger. Une ville à moitié détruite, des maisons inoccupées. Il y a longtemps que les celliers étaient vides, que les huches ne contenaient plus la moindre miette de pain, que les basses-cours avaient été sacrifiées pour remplir les estomacs des survivants affamés.

Et son père et ses frères, au milieu de tout cela ? Sa belle-sœur, encore plus fluette qu'elle ? Son cœur chavira à l'idée qu'elle ne les reverrait peut-être jamais.

Elle se mit à courir, dérapa sur les pierres glissantes et faillit tomber dans le ruisseau aux ordures. Passé l'angle de la place au gibet, elle apercevrait l'enseigne en bois à l'effigie de Crépin, le saint patron des bottiers…

Bertille s'immobilisa sous la pluie.

L'atelier était fermé. Les contrevents étaient posés, les volets clos, au rez-de-chaussée comme à l'étage. Elle scruta avidement les panneaux de bois, à la recherche de la croix fatale. Rien.

La jeune fille tambourina à la porte, une fois, deux fois, sans obtenir de réponse. Le soulagement céda la place à une nouvelle inquiétude. Pourquoi ce silence ? S'étaient-ils absentés ? La maison de Quentin était fermée, elle aussi, les autres commerçants de la rue avaient rangé leurs étals. Le quartier était aussi silencieux que le hameau où elle avait trouvé refuge sur sa route. Elle se souvint de l'essaim de mouches et de l'odeur putride émanant de la ferme abandonnée. L'affolement la gagna. Elle se précipita sur la porte voisine de l'atelier.

— Gersande ! cria-t-elle. C'est Bertille Duchesne ! Je rentre à l'instant de chez mon oncle. Ouvre-moi, je t'en prie !

Une exclamation étouffée lui parvint et la porte s'entrebâilla sur un visage étonné.

— La petite Bertille ! Je ne pensais pas te revoir ici, et surtout pas par un temps pareil !

— Où est mon père, Gersande ? Et mes frères, les as-tu vus ?

— Ils ont quitté la ville. Tu ne le savais pas ?

— Non ! Cela fait longtemps ?

— À la dernière lune.

Bertille s'appuya au chambranle de la porte, sonnée. *La dernière lune.* Presque un mois plus tôt !

— Où sont-ils allés ? demanda-t-elle d'une voix faible.

— Je n'en ai aucune idée. Je pensais qu'ils allaient te rejoindre chez ton oncle.

— Ils ne sont pas venus !

Un voile noir tomba devant les yeux de Bertille. *Il leur est arrivé malheur*. De nouveau, elle revit la fenêtre de la ferme abandonnée ouverte sur une obscurité grouillant de mouches… Gersande lui prit le bras et l'attira vers elle.

— Tu es trempée, ma pauvre fille. Entre vite, avant d'attraper la mort !

Bertille pénétra dans une salle basse qui sentait le vinaigre. Une mare d'eau s'étala aussitôt à ses pieds. Gersande jeta des linges sur le sol et guida son invitée jusque devant l'âtre où brûlait un grand feu.

— Déshabille-toi, ordonna-t-elle. Je vais te préparer un bain.

*

Bertille avait oublié à quel point il était bon de se laisser dorloter. Après avoir rempli d'eau chaude une cuve en bois, Gersande l'aida à se décrasser avec un gant de crin et un morceau de savon. Puis elle lui lava doucement les cheveux. L'odeur de graisse parfumée enveloppa la jeune fille comme un souvenir d'enfance.

Chaque fois qu'elle essayait de se rappeler sa mère, c'était le visage de Gersande qui apparaissait. Son père avait perdu sa femme très tôt, les enfants étaient encore jeunes, il fallait tenir le ménage.

Gersande s'en était chargée. Veuve de longue date, ses fils archers entrés au service du comte de Viennois, elle vivait seule dans la petite maison attenante à l'atelier du bottier, des vêtements qu'elle ravaudait pour les bourgeois de la ville. Des années durant, elle avait lavé le linge, préparé les bains et les repas de la famille Duchesne. Maître Duchesne avait pensé à l'épouser, mais Gersande tenait à conserver son indépendance. Puis Jean, le frère aîné de Bertille, s'était marié. Son épouse Éliette était devenue la nouvelle maîtresse de maison, et la vieille ravaudeuse s'était progressivement éclipsée. Bertille ne l'avait pas oubliée. Elle lui rendait visite presque tous les jours.

Gersande lui avait prêté une de ses chemises. Assise devant le feu, un bol de bouillon dans les mains, la jeune fille la regardait étendre ses vêtements sur une corde tendue entre deux poutres.

— Il fallait vraiment les nettoyer au vinaigre ? grommela-t-elle. Je vais sentir affreusement mauvais !

— Il vaut mieux cela que d'attraper la peste, crois-moi ! rétorqua la vieille femme. Il n'y a point de meilleur remède contre le mal. Chaque jour, je purifie ma maison, mes vêtements et même mes pièces de monnaie en priant saint Roch de me garder du fléau, et je suis toujours en pleine santé !

Gersande se planta devant elle, pleine d'autorité. Elle avait les hanches larges et les mains abîmées par le travail. Ses cheveux blancs commençaient à se clairsemer sur les tempes et le front, sa peau était striée de rides mais son regard était toujours bienveillant.

— Tu devrais rester ici, ma petite, décréta-t-elle. C'est plus sûr. Tu ne sais même pas où chercher ta famille...

Bertille hésita. Il était tentant d'accepter. Ses deux jours d'épreuves l'avaient épuisée. Par ailleurs, Gersande avait raison : sa famille pouvait se trouver n'importe où. De son côté, Éliette n'avait plus de parents. Le seul endroit où les siens auraient pu se réfugier était la ferme du Ginet. Manifestement, ils n'y étaient jamais parvenus. Elle se remémora les paroles du garde Estienne, à son arrivée dans la ville. *Beaucoup de gens sont morts, d'autres ont choisi de partir, sans toujours réussir à échapper à leur destin.* La jeune fille secoua la tête pour chasser ce funeste présage. Elle ne pouvait pas se laisser abattre. Quoi qu'il soit advenu de ses proches, elle devait trouver le moyen de le découvrir.

Son regard tomba sur le bouillon trop clair de son hôtesse.

— La nourriture se fait rare, Gersande, dit-elle. Je ne veux pas être une charge pour toi.

— Tu ne serais pas une charge, ma petite. C'est vrai

qu'on m'a volé mes canards et qu'un petit malin chaparde dans mon potager quand j'ai le dos tourné. Les murailles nous protègent peut-être des bandes de pillards, mais les pires brigands restent nos voisins ! Pourtant, je dispose d'assez de victuailles pour nous nourrir tout l'été, regarde…

La vieille femme descella une pierre dans le mur, derrière la cheminée. Une profonde niche abritait des filets de harengs fumés, une grosse tranche de lard, des pots de compote et un sac de farine.

— Je défie quiconque de trouver cette cachette, déclara-t-elle fièrement.

Bertille se surprit à sourire. Pourquoi ne pas accepter la proposition de sa voisine ? Rester à l'abri, quelque temps. Prendre des forces avant de repartir. Il faudrait d'abord retrouver Miron… La nuit était tombée sur la ville. L'orage s'était éloigné, mais il pleuvait toujours. Elle pensa au chat, errant quelque part dans les rues sombres. Son cœur se serra à l'idée qu'on cherchait peut-être à lui faire du mal.

— Gersande…

— Qu'y a-t-il, ma petite ?

La vieille femme souriait. Pourtant, quelque chose retint Bertille de révéler la véritable raison de son départ du Ginet.

— Je pense que je vais rester chez toi quelque temps, souffla-t-elle.

— Je vais te préparer une couche dans le cellier. Tu y seras plus à l'aise pour dormir que dans cette pièce qui pue le vinaigre.

En s'éloignant vers son alcôve pour récupérer des draps, Gersande se retourna et lui adressa un sourire confiant.

— Où qu'ils soient, les tiens finiront par revenir. La peste s'éloigne peu à peu. Il n'y a pas eu de nouveaux cas en ville depuis plusieurs jours.

# 6

# *L'infection*

Allongée sur sa paillasse, Bertille fixait l'obscurité. Avant de se coucher, elle avait prié longuement pour sa famille, mais aussi pour Miron. Finalement, la fatigue avait eu raison de son inquiétude. Combien de temps avait-elle dormi ? Il faisait encore nuit. Et quelque chose s'agitait au-dehors. Juste de l'autre côté de la porte du potager, en face d'elle. *Une horde de rats.*

La jeune fille tâtonna dans le noir, en quête de la pelle posée près de la porte.

— Sainte Gertrude, protège-moi, murmura-t-elle.

Puis elle ouvrit la porte à la volée. Enserré entre les murs des maisons voisines, le potager était baigné d'un faible clair de lune. La pluie avait cessé. Une lourde odeur de terre humide et bois mouillé montait de la terre. Elle distingua les contours de la cabane qui servait d'abri aux canards disparus, les plants de radis, de pois et de fèves. Rien ne bougeait. Quelque chose se faufila entre ses jambes et elle étouffa un cri d'effroi.

— Miron !

Le chat était tout mouillé et tremblant. Bertille le prit sur ses genoux. Il miaulait.

— Tu as faim, pas vrai ?

Elle pensa aux harengs séchés, dans la cache de Gersande. Son hôtesse dormait dans une alcôve, près de la cheminée. Impossible de récupérer la nourriture sans la réveiller. Elle devrait prendre le risque de s'expliquer…

— J'irai te chercher à manger, promit-elle. Mais pas tout de suite. Il faut attendre.

Le chat ronronnait. Bertille referma la porte et se recoucha. À tout moment, Gersande pouvait pénétrer dans le cellier et les surprendre. Mais elle ne pouvait prendre le risque que son ami lui fausse compagnie une fois de plus.

*

Quand la jeune fille ouvrit les yeux, le jour découpait l'encadrement de la porte donnant sur le potager.

Elle se leva d'un bond. Miron dormait, couché en rond à l'extrémité de la paillasse. Il ne bougea pas, pas même quand elle poussa le volet de bois. Le soleil était haut dans le ciel. La matinée était bien avancée. Gersande l'avait laissée se reposer. À moins qu'elle n'ait ouvert la porte dans l'intention de se rendre au potager, et n'ait battu en retraite en apercevant le chat couché sur le lit ? Dans ce cas, elle devait s'attendre à une discussion des plus pénibles.

Bertille rassembla son courage avant de passer dans la pièce voisine. Le feu était éteint, la maison silencieuse et plongée dans la pénombre. La vieille femme était-elle sortie faire une course ? Pas vraiment rassurée, Bertille récupéra ses vêtements sur la corde à linge et s'habilla rapidement. Puis elle lorgna vers la cache à provisions. Il suffisait de retirer la pierre pour prélever un filet de hareng. Son hôtesse ne s'apercevrait de rien. Elle écouta, aux aguets, et osa un pas en direction du mur.

La voix de Gersande la cloua sur place.

— Ne t'approche pas !

Au fond de l'alcôve qui jouxtait la cheminée, une forme claire s'agitait. La vieille femme était étendue sur sa paillasse, ses cheveux blancs étalés sur son oreiller. Dans la pénombre, son visage luisait de sueur et ses yeux étaient à demi fermés. Elle tremblait de la tête aux pieds.

— Tu es souffrante ! s'écria Bertille.

— N'approche pas, répéta la femme en claquant des dents. Laisse-moi !

— Sûrement pas ! C'est une mauvaise fièvre. Il faut te soigner.

— Laisse-moi !

Bertille se figea. Gersande ne s'adressait pas à elle. Ses mains s'agitaient devant son visage comme si elle essayait de repousser un adversaire invisible.

— Laisse-moi ! Laisse-moi !

Soudain, elle fut agitée de tremblements si violents que ses yeux se révulsèrent. Un filet de bave coula entre ses lèvres, jusque dans son cou marbré de taches noires. Bertille recula, horrifiée. Ce corps qui se tordait de douleur devant elle était bien celui de Gersande, mais la femme qui l'avait accueillie avec tant de bonté avait disparu. Ses prières, sa frénésie de nettoyage, les quantités de vinaigre déversées dans sa maison n'avaient pas suffi à la protéger. Elle avait lutté jusqu'à ce que le mal la terrasse. La peste était la plus forte. Bertille eut un mouvement de recul. *Ne reste pas là ! Fuis sans tarder !*

Impossible, elle ne pouvait pas abandonner Gersande ! Elle devait chercher de l'aide. Qui accepterait de pénétrer dans la maison d'une pestiférée, au risque d'être contaminé à son tour ? D'après Estienne, le garde, les médecins eux-mêmes avaient fui la ville. Non seulement personne ne l'écouterait, mais on la chasserait sans pitié, en pensant qu'elle était malade, elle aussi ! Peut-être était-ce déjà le cas... Seul un prêtre consentirait à la suivre, pour donner les derniers sacrements à une mourante. S'il apercevait Miron, elle était perdue.

*Fuis, Bertille ! Tu dois partir avant qu'il ne soit trop tard !*

Reprenant brusquement ses esprits, la jeune fille se précipita vers la cache à provisions. Elle s'empara du hareng, d'un reste de galette et d'un sac de fèves fraîches, puis elle retourna dans le cellier pour récupérer Miron. Le chat devrait quitter la ville comme il y était entré, dans un sac dissimulé sous son manteau. Une opération qui s'annonçait délicate. Il n'avait sûrement pas oublié son expérience de la veille et elle devrait batailler pour le faire entrer dans sa cachette. Quant au manteau, il ne manquerait pas d'attirer l'attention par une aussi belle journée d'été...

— Miron ! appela Bertille. J'ai du poisson pour toi !

Le chat n'était plus sur la paillasse. Bertille fouilla les moindres recoins du cellier, sans succès. Soudain, elle avisa la lucarne restée ouverte. Elle ouvrit la porte du potager, inspecta la cabane et les toits. L'animal était introuvable.

— Non ! lâcha-t-elle, prise de panique. Pas encore !

Sacs à l'épaule, elle revint en courant dans la pièce principale. Recroquevillée au fond de son lit, Gersande tremblait toujours des pieds à la tête. Dans le délire de la fièvre, elle grommelait des phrases incompréhensibles.

— Adieu, ma bonne Gersande, dit Bertille, les yeux noyés de larmes. Que Dieu t'accueille au paradis !

La pauvre femme ne l'entendait déjà plus. Ravalant ses sanglots, Bertille se dirigea vers la sortie. Au moment de refermer la porte, un mouvement, près de la cheminée, attira son regard. Un rat courait sur une poutre. Il s'arrêta et la fixa de ses yeux noirs, avant de disparaître dans un trou.

# 7

# *La proie*

Bertille sillonnait les rues, scrutant les balcons, les toits, les fenêtres à encorbellement. Miron pouvait être partout, jouant les équilibristes sur une gargouille ou un tronçon de gouttière. Si elle quittait la ville sans lui, il ne pourrait pas la suivre. Cette fois, elle ne le reverrait jamais.

— Où es-tu, vilain chat ? gémit-elle, au comble de l'angoisse.

Après avoir fait deux fois le tour du quartier, elle déboucha sur la place du gibet, à bout de souffle et d'espoir. Un jeune homme remplissait une cruche à la fontaine. Il la dévisagea avec étonnement.

— Bertille ! En voilà une surprise !

Elle fronça les sourcils.

Ce grand gaillard au visage sale et creusé, coiffé d'un chaperon troué, ne lui était pas inconnu… Il abandonna sa cruche sur la margelle et s'approcha d'elle, la mine réjouie.

— Tu ne me reconnais pas ? Je suis Basile, le droguiste ! C'est vrai que j'ai maigri, ajouta-t-il en soupirant. Hélas ! on ne mange pas tous les jours à notre faim depuis que la peste nous a tout pris.

— Bonjour, Basile, balbutia Bertille.

Le jeune homme tenait une petite droguerie avec sa mère sur la place du gibet. Il était toujours très gentil avec elle, chaque fois qu'elle venait lui acheter du sel. Mais elle n'aimait pas trop la façon dont il la regardait depuis qu'elle n'était plus une enfant. Peu avant son départ pour le Ginet, il avait proposé d'être son cavalier au bal de la Saint-Jean. Son refus l'avait vexé.

— Qu'est-ce que tu fais ici ? demanda-t-il. Je te croyais chez ton oncle !

— Il n'avait plus besoin de moi, alors je suis rentrée.

— Mais ta famille a quitté la ville !

— C'est pour cela que je repars.

Elle hésita à dire que Gersande était malade. Les gens devenaient fous quand il s'agissait de la peste. Elle ne devait pas oublier que Basile pouvait la croire infectée, elle aussi. Et si elle était bel et bien malade, et qu'elle se mettait tout à coup à trembler et à délirer comme la pauvre femme ? L'inclination qu'il éprouvait pour elle serait vite balayée ! Mieux valait se dépêcher de partir.

Basile s'approcha d'elle et elle sentit son haleine acide sur son visage.

— Je te conseille d'éviter les bois, décréta-t-il. Ce sont des endroits dangereux !

— Les bois ?

— C'est là-bas que vont tous ceux qui fuient la ville. Ton père et tes frères s'y trouvent sûrement. Dans les bois, il n'y a peut-être pas la peste, mais des brigands y trucident et dépouillent les pauvres gens ! C'est pour ça que je préfère encore rester ici…

— Je n'ai pas l'intention d'aller dans les bois, mentit Bertille. Je vais rentrer chez mon oncle.

— Toute seule ?

— Je suis venue seule, je peux repartir seule.

Il la fixa avec intensité et elle retint son souffle. Il n'allait quand même pas proposer de l'accompagner ! L'hésitation fit frémir les lèvres du jeune homme, mais sa crainte du danger fut la plus forte.

— D'abord, je t'invite à partager mon dîner, déclara-t-il.

— Je te remercie, mais je dois partir sans tarder.

— Allons ! Ma mère sera contente de te voir. Et puis, la chasse a été bonne.

— La chasse ?

— Il n'y a plus de viande, alors je pose des pièges dans la rue. J'attrape des oiseaux, des chiens, des rats…

— Des rats !?

Devant l'expression horrifiée de Bertille, le droguiste haussa les épaules.

— Ce n'est pas si mauvais, tu sais. Surtout quand on n'a que ça à se mettre sous la dent…

Bertille aurait voulu s'enfuir en courant, mais la mère de Basile apparut sur le seuil de leur maison et la salua d'un sourire édenté.

— Quel plaisir de te revoir, petite ! Tu as l'air en pleine santé, Dieu soit loué ! Entre donc un moment.

Impossible de refuser. Bertille suivit le droguiste à contrecœur.

La maison que Basile partageait avec sa mère était sombre et exigüe, mais propre. Des bouquets de plantes aromatiques pendaient aux solives, le couvert était déjà mis sur la table de bois. Le jeune homme invita Bertille à s'asseoir sur un tabouret, à la place d'honneur. En s'approchant, elle faillit heurter une cage à poules posée devant l'âtre. Elle recula, intriguée. À l'intérieur, un chat roux tournait en rond en poussant des miaulements déchirants. *Miron.* Le cri de Bertille resta coincé dans sa gorge.

— Notre dîner, déclara fièrement Basile.

— Nous n'allons pas manger du chat ! bégaya Bertille d'une voix blanche.

Le droguiste fit la moue, visiblement embarrassé.

— Je sais, ce sont des bêtes mauvaises, mais autant qu'elles servent à quelque chose ! Je l'ai trouvé dans la ruelle, et appâté avec un moineau. J'en ai déjà attrapé un, il y a quelques jours. Nous l'avons fait rôtir. Ce n'est pas mauvais du tout, crois-moi !

— Je vais chercher des herbes pour le farcir, décréta la mère de Basile en quittant la pièce par une petite porte. Toi, mon fils, occupe-toi de l'écorcher.

— D'abord, laisse-moi allumer une bonne flambée.

Pétrifiée, Bertille regarda Basile jeter des fagots dans l'âtre. Miron la fixait de ses yeux verts en continuant de miauler. *Pourquoi ne me sors-tu pas d'ici ? Qu'attends-tu pour me libérer ?* Elle ne pouvait pas bouger.

Dans la cheminée, le feu tirait.

— Il faut plus de bois, grommela Basile. Prends tes aises, Bertille, je reviens de suite. Fais-moi confiance : nous allons nous régaler !

Il se courba pour franchir la porte empruntée par sa mère, quelques instants plus tôt. Bertille hésita.

Le temps de s'assurer que le jeune homme était bien parti. Elle se rua sur la cage, tira le loquet et attrapa Miron par la peau du cou.

— Tais-toi, je t'en supplie !

Pas le temps de le glisser dans son sac. Elle se rua hors de la masure, le chat dans les bras. Par chance, la rue était déserte. Elle courut jusqu'au porche d'une maison brûlée, défit les liens de son sac pour y pousser l'animal. Curieusement, il se laissa faire.

— Ce n'est pas pour longtemps, je te le promets !

Il fallait faire vite. Quitter La Côte avant que Basile ne s'aperçoive de leur départ et ne s'élance à leur poursuite.

*

Bertille courut jusqu'à l'entrée de la ville. Une fois en vue de la tour de veille, elle ralentit. La grande porte était ouverte pour laisser rentrer les habitants qui étaient sortis glaner du bois, de la paille, des fruits dans les vergers abandonnés. Elle remonta le flot à contre-courant.

Au moment où elle allait franchir la porte, le garde Estienne la héla depuis le chemin de ronde.

— Où cours-tu ainsi, petite ?

— Ma famille est partie dans la forêt, dit-elle. Je vais la rejoindre.

— Dieu te protège !

Un instant plus tard, Bertille courait sur le chemin, au sud de la ville. Miron bondissait dans les fourrés en cherchant à attraper les sauterelles. Où allaient-ils ? Elle n'en avait aucune idée. Elle savait juste qu'il leur fallait fuir à nouveau, le plus loin et le plus vite possible.

# 8

# *Les survivants*

Le calvaire se dressait au bord de la route, une grande croix de pierre un peu penchée, émoussée et tachée de moisissures. Bertille s'en approcha d'un pas traînant. Depuis quand marchait-elle ? Des bandes de nuages gris filaient à toute vitesse dans le ciel, masquant le soleil. Il pouvait être midi ou bien déjà l'heure des vêpres. Ses jambes ne la portaient plus et elle se laissa tomber sur le socle fendu. Le visage enfoui dans ses mains, elle éclata en sanglots.

Fuir, encore. Mais pour aller où ? Elle avait longé plusieurs bois depuis son départ de la ville, sans oser s'y aventurer. L'avertissement de Basile l'avait marquée. Des bandes de voleurs sans scrupules avaient toujours écumé les chemins. Par ces temps troublés, combien de pauvres hères se terraient dans la campagne, prêts à tout pour survivre ? Elle ne voulait pas être une de leurs victimes.

Pour quelle raison risquerait-elle sa vie, après tout ? Si son père et ses frères avaient osé s'installer en forêt, ils étaient sans doute déjà tombés sur un de ces brigands. À moins qu'ils n'en soient devenus eux-mêmes. Elle devait penser à elle, et à Miron. Le chat gambadait autour d'elle, à l'affût des papillons qui voletaient dans les hautes herbes. Une sourde colère sécha les larmes de Bertille. Si le frère Paul et ses pénitents n'avaient pas investi le village avec leurs idées de bûcher, ils seraient encore à l'abri au Ginet. Pourquoi avait-elle parlé des chats à cette folle de Thibaude ? Le frère Philippe aurait dû rester un jour de plus à la ferme. C'était un homme sage, instruit et plein de bon sens. Il aurait rabattu le caquet de ce Paul qui menait le père Dominique par le bout du nez. La pensée du moine pèlerin lui réchauffa le cœur. Comme elle aurait aimé l'accompagner à Saint-Antoine !

Bertille se redressa, le cœur battant. La route filait vers le sud, à travers les collines battues par le vent. L'abbaye se trouvait quelque part sur l'une d'elles. Toute proche…

— Miron ! appela-t-elle.

Le chat interrompit ses batifolages et braqua sur elle ses yeux verts. Elle ouvrit son sac et en sortit un filet de hareng. À la vue de la nourriture, l'animal s'approcha. Un sifflement retentit aux oreilles de Bertille. Une flèche se planta dans le talus, juste devant Miron qui se sauva en crachant. Aussitôt, une seconde flèche fusa dans le pré, suivie d'une autre, un peu plus loin. Bertille distingua le chat qui s'enfuyait dans l'herbe. Sa surprise se mua en exaspération.

— Assez !

La jeune fille sauta sur ses pieds et repéra immédiatement le chasseur. Il se tenait derrière elle, à l'extrémité du pré. Pas très grand, coiffé d'un chaperon brun, un carquois en bandoulière. Il était dangereux de le défier – il aurait pu l'abattre d'une flèche en pleine tête. Mais elle n'écoutait que sa colère contre ces gens bornés qui ne pensaient qu'à tuer, écorcher et manger des chats.

— Sale crétin ! hurla-t-elle. Va chasser ailleurs, ou tu auras affaire à moi !

L'archer ne bougea pas, sans doute surpris de découvrir cette fille qui gesticulait au pied du calvaire. Son absence de réaction ne fit que décupler la rage de Bertille. Elle se pencha pour ramasser un caillou et le lança en direction de l'agresseur.

— Tu es sourd ou complètement idiot ? File d'ici sur-le-champ !

Comme il continuait à l'ignorer, elle ramassa deux nouvelles pierres.

— Tu vas déguerpir, espèce d'imbécile ! vociféra-t-elle en le menaçant du poing.

À sa grande surprise, celui-ci leva les bras en signe d'apaisement.

— Calme-toi, Bertille ! cria-t-il. C'est moi, Quentin Rocher !

— Quoi ?

Bertille s'arrêta net, une pierre à la main. Le garçon la rejoignit en courant. Elle le reconnaissait maintenant. Le chaperon dissimulait sa chevelure, mais le visage fin et hâlé était bien celui de son ancien voisin.

— Quentin ! balbutia-t-elle. Que fais-tu ici ?

— Je pourrais te poser la même question ! rétorqua le garçon. Tu n'étais pas partie chez ton oncle ?

— J'ai dû rentrer en ville, mais comme mon père n'était plus là…

— Normal, nous sommes tous partis nous réfugier dans les bois pour échapper à la peste !

— Qui ça, nous ?

— Mon père et moi, toute ta famille et quelques voisins. Mon père est mort d'une mauvaise chute, peu de temps après notre arrivée, mais ton père et tes frères, eux, ils sont en vie.

Bertille vacilla et laissa tomber ses pierres.

— En vie...! articula-t-elle.

— Nous avons construit des cabanes et nous vivons de ce que nous cueillons et chassons dans la forêt, expliqua Quentin en désignant un bois de saules, un peu plus loin. Il y a un étang, aussi, à la lisière nord, où nous pêchons parfois quelques poissons. Je suis désolé que tu aies cru que je te visais, tout à l'heure, ajouta-t-il d'un ton embarrassé. Je ne t'avais pas vue, je t'assure. J'avais repéré un chat...

Une nouvelle vague de colère submergea Bertille.

— Tu n'as rien compris ! se récria-t-elle. Ce chat est avec moi ! Il ne faut pas le tuer.

Quentin la dévisagea comme si elle s'était exprimée dans une langue étrangère.

— Tu veux dire que... tu te promènes avec un chat ?

— C'est *mon* chat, affirma-t-elle. Il s'appelle Miron et il me protège contre les rats. Ce sont les rats qui apportent la peste.

— Les rats ? Pourquoi est-ce que tu crois ça ?

— Un moine me l'a dit.

Soudain, Bertille eut envie de se confier. Elle ne connaissait pas bien Quentin, ils se parlaient à peine.

Elle se contentait de l'observer quand ils habitaient encore en ville et elle se plaisait à rêver : le destin les réunirait-il un jour, comme il avait réuni Éliette et Jean ? Surtout depuis que le garçon avait pris son parti contre une bande de vauriens qui la harcelaient. Dans le doute, elle devait rester prudente. Mais ses retrouvailles avec son voisin relevaient du miracle, quand elle avait perdu tout espoir de croiser à nouveau un visage familier. Et elle en avait assez de porter son secret.

D'une traite, elle raconta tout. Son affection pour Miron, la visite du frère Philippe au Ginet, le village de Lieudieu dévasté, les paroles malheureuses qui leur avaient valu la visite de Paul et de ses pénitents, sa fuite éperdue pour les sauver du pire, son chat et elle…

Quentin l'écouta, bouche bée. Elle crut déceler une lueur d'admiration dans son regard.

— Tu en as traversé des épreuves ! s'exclama-t-il. Tout ça pour un chat…

— Ce n'est pas un simple chat, répliqua Bertille. C'est un compagnon de route.

— La plupart des gens auront du mal à te croire !

— Tu me crois, toi ?

Sa question sonnait comme un défi. Elle vit que Quentin hésitait, coulait des regards perplexes vers Miron. Une fois le danger écarté, le félin était revenu vers eux. Assis sur le socle du calvaire, il les observait de ses yeux à demi fermés. Le garçon finit par hocher la tête.

— Je te crois, bien sûr, déclara-t-il. Tu as toujours été une fille sensée et honnête.

Bertille sentit qu'elle rougissait.

— Conduis-moi auprès de ma famille, s'il te plaît, demanda-t-elle pour masquer son trouble. J'ai hâte de la revoir !

*

Les cabanes se dressaient dans une clairière, au cœur du bois de saules – quatre cloisons de planches surmontées d'une toiture de branchages. Des poules picoraient dans un enclos. Un feu brasillait au centre du campement. Accroupie près du foyer, une jeune femme préparait une soupe de navets et de pissenlits.

— Éliette ! l'appela Bertille.

Sa belle-sœur la fixa d'un air halluciné.

— Elle est là ! annonça-t-elle.

Une poignée d'individus hirsutes, les vêtements sales et en lambeaux, surgirent des cabanes. Bertille reconnut son père, ses frères Jean et Olivier, et deux voisins, des souffleurs de verre qui exerçaient sur la place du gibet. Sans laisser à sa fille le temps de parler, maître Duchesne se précipita vers elle en agitant les bras.

— Repars d'où tu viens, Bertille ! Les hommes du prévôt te cherchent, ils étaient ici tout à l'heure, sois sûre qu'ils ne tarderont pas à repasser !

— Peut-être même qu'ils sont cachés dans le bois, ajouta Olivier. Va-t'en, Bertille, ou tu auras des ennuis !

— Et nous aussi, ajouta Jean.

Bertille les regarda tour à tour, assommée par ce flot de paroles. Elle s'attendait à des cris de surprise, de joie, de soulagement partagé. Elle était prête à raconter son histoire, une fois de plus. Elle avait confiance en son père plus qu'en quiconque. Il l'écouterait, c'était certain. Mais l'homme qui se tenait devant elle la toisait d'un regard implacable.

— Je ne comprends pas, bredouilla-t-elle. Qu'est-ce que c'est que cette histoire de…

— Ils sont au courant pour toi et le chat, reprit Jean. Ils t'accusent d'avoir répandu la peste à Lieudieu, mais aussi en ville !

— Ils te prennent pour une maléfique, renchérit Olivier. Une sorcière…

Bertille fixa son frère, pétrifiée. Elle n'avait pas besoin d'en entendre davantage. Le frère Paul et le père Dominique n'avaient pas renoncé à la poursuivre.

Ils s'étaient juste montrés plus lents qu'elle à atteindre La Côte. Où donc pouvait-elle se réfugier, sinon chez son père ? Son plan était tellement prévisible !

Une sueur glacée lui inonda le dos quand elle réalisa que les fanatiques étaient reçus chez le prévôt, au moment même où elle quittait la ville. Le magistrat avait dû les accompagner à l'atelier. Ils avaient dû pénétrer chez Gersande et la découvrir délirant sur sa paillasse – peut-être même déjà morte. Il ne manquait plus que l'intervention de Basile et de sa mère, racontant à qui voulait bien les écouter que leur voisine s'était enfuie avec le chat qu'ils devaient manger au dîner, pour que son sort soit définitivement scellé. À présent, la justice était à ses trousses.

— Vous ne croyez tout de même pas ce que racontent ces gens, père ? l'implora Bertille. J'ai juste voulu sauver ce chat d'une mort horrible et injuste ! J'ai rencontré un moine chez oncle Roland, il revenait d'Orient, là-bas on dit que ce sont les rats qui propagent la peste ! Au Ginet, nous étions à l'abri, les chats les mettaient en fuite !

— Je te crois, ma fille, intervint maître Duchesne.

Doucement, presque tendrement, le bottier posa sa large main brune sur l'épaule de Bertille.

— Je sais que tu n'es ni menteuse ni malfaisante, poursuivit-il d'un ton peiné. Seulement, tu écoutes trop ton cœur. Tu aurais dû réfléchir avant d'agir comme tu l'as fait. Parfois, il vaut mieux faire profil bas…

— Je ne pouvais pas, père ! s'écria Bertille.

La tristesse voila le regard du bottier.

— Maintenant, tu dois te sauver. Si tu restes parmi nous, non seulement tu seras capturée, mais tu nous condamneras à subir le même sort.

— Je sais, père.

Bertille recula d'un pas. À peine arrivée, elle devait repartir. Était-elle destinée à fuir éternellement ? Quentin la considérait d'un air embarrassé. Lorsque leurs regards se croisèrent, il se détourna.

— Très bien, lâcha-t-elle, au bord des larmes. Je m'en vais. Sachez seulement que je me rends à…

— Ne dis rien, ordonna Jean. Si les hommes du prévôt devaient nous interroger à nouveau, nous ne pourrons jamais le renseigner.

— Pourquoi ne venez-vous pas avec moi ? Là où je vais, nous serons en sécurité.

— Tu n'y penses pas ! rétorqua maître Duchesne. Nous serions trop nombreux sur la route pour passer inaperçus. Tu as plus de chances de t'en sortir seule. Allez, ma fille, les hommes du prévôt risquent de réapparaître d'un moment à l'autre.

Tout était dit. Il n'y avait plus rien à discuter.

— Adieu, père, souffla Bertille.

La gorge serrée, elle tourna les talons.

À la lisière du bois, le soleil revenu la fit cligner des yeux. Apercevant Miron qui courait dans les hautes herbes, la jeune fille reprit conscience de l'urgence de la situation. Des cavaliers écumaient la campagne à leur recherche. Ils devaient leur échapper et trouver un refuge sûr avant la tombée de la nuit.

Plutôt que de rejoindre la route, elle choisit de rester dans le pré, à l'abri de la végétation. Le bois avait disparu derrière elle quand elle perçut un bruit de galop. Elle s'immobilisa, aux aguets.

— Bertille ! prononça une voix dans son dos.

Une main l'agrippa par le bras pour l'attirer au sol. Avant d'avoir eu le temps de réagir, elle se retrouva le nez dans l'herbe.

# 9

# *Les pillards*

Bertille se débattit, essaya de hurler.

— Ne bouge pas ! supplia une voix étouffée. C'est moi !

— Quentin ! s'exclama-t-elle. Mais que…

Le visage du garçon était déformé par l'angoisse.

— Chut ! lui intima-t-il. Les hommes du prévôt remontent la route dans notre direction !

Bertille étouffa un cri. *Miron.* Un instant plus tôt, le chat courait juste devant elle. Les cavaliers risquaient de l'apercevoir, de le prendre en chasse et le tuer ! Pour eux, il était peut-être déjà trop tard…

Dissimulés dans l'herbe, les deux jeunes gens entendirent la troupe se rapprocher, le martèlement des sabots faire vibrer le sol. Ils étaient repérés.

Dans un instant, on allait leur ordonner de sortir de leur cachette.

Les chevaux passèrent près d'eux sans s'arrêter. Leurs lourds galops s'éloignèrent vers le nord. Bertille recommença à respirer une fois que le silence fut revenu. De loin, elle aperçut Miron qui s'était hissé sur un arbuste, à la lisière du bois.

— Ils s'en retournent à La Côte, souffla Quentin. On l'a échappé belle !

Soulagée, Bertille se tourna vers lui.

— Je te dois la vie ! Sans toi, ils m'auraient vue. Mais pourquoi me suivais-tu ?

— Je venais te rejoindre.

— Me rejoindre ?

— Ne t'inquiète pas, j'ai prévenu les autres de mon départ et ton père a donné son accord. Tu ne vas pas te rendre toute seule à l'abbaye de Saint-Antoine ! La route n'est pas sûre pour…

— Une fille seule avec un chat ? répliqua Bertille, piquée au vif. Tu oublies que je me suis très bien débrouillée jusqu'ici ! Je n'ai pas besoin d'une escorte.

— Je viens quand même de te sauver des gens du prévôt ! fit remarquer Quentin avec un sourire malicieux.

Bertille grimaça. Elle devait reconnaître que le garçon avait raison. Encore troublée par les événements de la forêt, elle s'était montrée distraite. Pourquoi ne pas le laisser veiller sur elle ? S'il proposait de l'accompagner, c'est qu'il devait bel et bien l'apprécier ! La perspective des épreuves qui les attendaient encore gâcha sa joie.

— Pourquoi prendrais-tu le risque de m'accompagner ? dit-elle avec tristesse. Tu es à l'abri dans la forêt, avec mon père et mes frères…

— Je n'ai pas aimé qu'ils t'abandonnent à ton sort.

— Ils ne m'ont pas abandonnée, protesta Bertille, le cœur serré en pensant aux justifications de son père. Je n'ai pas le droit de les mettre en danger.

— Et moi, je n'ai pas le droit de rester caché dans les bois alors que je pourrais t'aider. J'ai un arc et des flèches. Je pourrai nous défendre si nous sommes attaqués.

Bertille se surprit à sourire à son tour.

— Tu as raté trois fois Miron tout à l'heure, j'espère qu'il t'arrive de viser mieux !

— Tu verras bien ! décréta fièrement Quentin. Allons, mettons-nous en route.

*

Les deux adolescents se frayèrent un chemin à travers prés, à bonne distance de la route qui serpentait vers le sud. Miron les suivait et filait parfois entre leurs jambes, à la poursuite d'une proie repérée dans l'herbe. Quentin le traitait de fou et Bertille riait. Les cabrioles du chat leur faisaient momentanément oublier leurs craintes. Saint-Antoine était encore loin…

Les nuages se pressaient dans le ciel, annonciateurs d'un nouvel orage, quand une croix jaillit d'un vallon.

— Une simple chapelle, indiqua Quentin. On pourra y passer la nuit.

Ils se faufilèrent dans les fourrés, le long de la route. Les oiseaux s'étaient tus, les insectes ne sautaient plus dans l'herbe. Au loin, le tonnerre se mit à gronder et de grosses gouttes molles s'écrasèrent sur leurs fronts.

Vue de près, la chapelle était sombre et trapue, dévorée par le salpêtre. La statue d'un saint était encastrée dans une niche, au-dessus du porche d'entrée. Bertille agrippa Quentin par le bras.

— Regarde, c'est saint Lazare !

Son compagnon la dévisagea sans comprendre.

— Saint Lazare, le premier ressuscité, reprit Bertille d'une voix sourde. Nous sommes devant une léproserie !

Maintenant qu'ils étaient tout près, elle distinguait deux autres bâtiments derrière la chapelle : une longue maison basse et une grange aux murs de torchis.

— On ne peut pas chercher refuge ici, dit-elle.

— Je n'ai pas l'intention de devenir lépreux, confirma Quentin. On n'a qu'à s'installer dans la chapelle.

Bertille secoua la tête.

— Allons-nous-en !

Une odeur désagréable s'insinua dans ses narines et elle revit la ferme du hameau abandonné, la fenêtre ouverte sur l'obscurité grouillante de mouches. Ils devaient s'éloigner de ce lieu sans tarder.

— Quentin ! répéta-t-elle. Allons-nous-en !

Le garçon ne l'écoutait plus. Il avait déjà traversé la route et courait en direction de la chapelle. Bertille s'élança à sa poursuite. À l'angle du bâtiment, Quentin eut un mouvement de recul. Un homme était étendu face contre terre, juste devant lui. Des asticots grouillaient dans les plaies de son crâne fracassé, des mouches faisaient onduler la longue chemise grise qui le recouvrait jusqu'aux pieds. Bertille lâcha une exclamation horrifiée. Entre la grange et la maison d'habitation, le sol était jonché de cadavres noircis et gonflés. Des corps tournaient doucement dans le vent, suspendus aux branches d'un vieux chêne. La puanteur était insoutenable.

— Qui a pu faire ça ? balbutia Quentin. Des pillards ?

Bertille secoua la tête. Malgré la moiteur, elle se sentait glacée. Les exclus avaient toujours suscité la méfiance et la peur. Surtout en temps de malheur…

— Les villageois des environs ont dû s'imaginer que les lépreux avaient répandu la peste. Ils les ont tués pour se venger. Il fallait des responsables au fléau. Comme Miron et moi.

— C'est stupide ! Ces gens ont été massacrés et la peste fait toujours des ravages !

— Ils ne s'arrêteront pas de tuer tant que la maladie sera là. Partons, maintenant.

Bertille chercha Miron des yeux. Le chat avait disparu. Il explorait sûrement la léproserie. Elle l'appela à plusieurs reprises, en vain. L'avait-il entendue ? Elle n'avait aucune envie de traverser la cour remplie de cadavres, encore moins de pénétrer dans les bâtiments à l'abandon pour le retrouver.

— Tu as raison, Bertille, décida Quentin. Il ne faut pas s'attarder ici. Miron nous rejoindra plus tard.

Le garçon tourna les talons, pressé de partir. La jeune fille lui emboîta le pas en frissonnant. Le vent tourbillonnant les enveloppait de l'odeur de mort. Quand elle perçut le bruit de sabots, il était trop tard. Cinq cavaliers tournèrent l'angle de la chapelle et fondirent sur eux comme des buses sur leur proie. Quentin essaya d'attraper son arc, mais une pique se ficha à ses pieds.

— Ne bougez plus ! ordonna une voix sèche.

Cernés par les cavaliers, les deux adolescents s'agrippèrent l'un à l'autre. Les chevaux écumaient, couverts de poussière. Les hommes chaussés de bottes et armés d'épées étaient aussi sales que leurs montures. Leurs visages luisaient de sueur et de crasse. Celui qui paraissait le chef portait un chaperon noir dont l'extrémité savamment nouée pendait sur son oreille gauche comme une grosse fleur fanée. Nulle trace du blason de La Côte. Les envoyés du prévôt n'auraient-ils pas arboré les couleurs de la ville ?

Trois hommes sautèrent à terre. Au lieu de s'emparer des captifs, les deux premiers se dirigèrent vers la maison basse, tandis que le troisième pénétrait dans la grange. Toujours juché sur sa monture, l'individu au chaperon toisa Bertille et Quentin avec ironie.

— Qu'est-ce qui vous amène ici, jeunes gens ? demanda-t-il. Vous avez l'air bien en forme pour des lépreux !

Son comparse ricana. La carcasse d'une jeune chèvre était attachée à l'arrière de sa selle.

— Ils sont frais comme des gardons, sire Gui ! s'écria-t-il. Ce sont eux qu'on devrait rôtir, et pas cette bique puante que je trimballe depuis une lieue !

— Ton idée n'est pas mauvaise, Colart ! s'esclaffa sire Gui. Les joues de la demoiselle m'ont l'air tendres à souhait !

Horrifiée, Bertille jeta un regard à Quentin. D'un signe de la tête, le garçon l'incita au silence. Ces pillards étaient bien capables de mettre leur menace à exécution ! Mais à quoi leur servirait-il de se taire ? Ils risquaient de s'attirer plus d'ennuis encore. Pourtant, la méfiance lui souffla de mentir.

— Nos parents sont morts et nous nous rendons chez notre oncle à La Côte, dit-elle. Nous cherchions un abri pour passer la nuit.

— À ta place, mignonne, je trouverais un lieu plus accueillant, rétorqua sire Gui. Qu'as-tu dans ton bagage ?

— Des provisions pour le voyage.

— Donne-le-moi.

Comme elle ne réagissait pas, Colart sauta à terre et s'approcha d'elle. Le voyant dégainer son épée, elle se résigna à obtempérer. Les autres pillards les rejoignirent, la mine contrariée.

Sire Gui pointa un doigt accusateur sur un homme affublé d'un goitre.

— Pourquoi revenez-vous les mains vides, Burian ?

— Ces charognards de paysans ont dû tout emporter après le massacre. Il n'y a plus le moindre brin de paille dans cette maison !

— Mais nous ne rentrerons pas bredouilles, mes amis,

objecta Colart en exhibant le sac de Bertille. Il y aura du hareng au souper !

— Ils ont peut-être autre chose sur eux, suggéra sire Gui.

— Nous n'avons rien d'autre, affirma Quentin.

Le seigneur brigand lui opposa un sourire goguenard.

— Tu me pardonneras, mon garçon, mais je ne peux te croire sur parole. Commence par donner ton arc et ton carquois à Colart. Burian, fouille la gamine.

L'homme au goitre s'approcha de Bertille, les yeux brillants de convoitise. Elle se rétracta, apeurée.

— Laisse-la tranquille, espèce de brute ! s'insurgea Quentin.

— Ferme-la, gringalet !

Burian tendit les mains pour s'emparer de Bertille.

— Halte-là ! commanda une grosse voix.

Les paluches du soudard restèrent suspendues en l'air. Quatre cavaliers firent irruption sur la placette. Armés d'épées et d'arbalètes, ils arboraient des tabards bleus barrés d'une croix blanche. Les armoiries de La Côte. Bertille les fixa, pétrifiée. Comment les hommes du prévôt avaient-ils retrouvé leur trace, si loin de la ville ?

Le sergent qui conduisait la troupe, un individu grand et sec au regard hautain, héla le sire Gui.

— Vous n'avez aucun droit d'être ici, messire Pouques. Cette léproserie est la propriété du seigneur de La Côte.

— Nous venions faire don d'une chèvre aux lépreux, sergent Corcy, répliqua le pillard avec aplomb. Hélas ! Il n'y a plus âme qui vive en ce lieu. Si vous cherchez ceux qui ont massacré ces malheureux, c'est du côté de vos gens qu'il faut chercher.

L'expression de Corcy se durcit. Il était évident qu'il ne croyait pas un mot des excuses du sire Pouques. Avisant Bertille et Quentin, il déclara sèchement :

— Le prévôt de La Côte a ordonné leur arrestation. Je vous serai reconnaissant de bien vouloir nous les remettre.

— Des voleurs ?

— Une sorcière et son chat.

— Une sorcière, vraiment ? s'écria Pouques en toisant Bertille d'un regard ironique. Je ne vois point de chat avec elle, juste ce jeune puceau…

— C'est son complice.

— Ah !

Pouques décocha un clin d'œil à ses hommes. Plus vifs que l'éclair, Colart et Burian se jetèrent sur leurs prisonniers. Les bras immobilisés derrière le dos, Bertille sentit le contact froid d'une lame sur son cou.

— Pourquoi vous les livrerais-je, sergent Corcy ? s'enquit Pouques d'un ton tranquille.

L'envoyé du prévôt serra les lèvres, furieux de se retrouver pris au piège.

— Soit, messire Pouques, lâcha-t-il d'une voix cassante. Nous ne vous poursuivrons pas pour cette incursion sur les terres du seigneur de La Côte, si vous consentez à nous livrer ces jeunes gens et à rentrer chez vous.

Le seigneur brigand éclata de rire.

— Holà, sergent Corcy ! Nous ne serions pas venus jusqu'ici si le besoin ne nous y avait pas poussés ! Nous n'avons rien trouvé ? Il va falloir nous donner plus, si vous voulez ramener ces deux fuyards chez vous.

— Que voulez-vous ?

— Votre bourse, et puis la belle épée que vous portez au côté.

— Vous êtes-vous transformé en bandit de grand chemin, messire Pouques ? Je ne peux consentir à votre demande.

Le seigneur brigand haussa les épaules.

— Alors ces jeunes gens iront rejoindre les pauvres hères qui pourrissent en ce lieu.

— Vous avez perdu la tête, messire ! se récria Corcy. Je vous le demande une dernière fois : livrez-nous ces jeunes gens, ou je serai contraint d'user de la force.

— Essayez un peu.

Les hommes se toisèrent. Bertille fixa d'un regard implorant le ciel parcouru de nuées. Dieu leur viendrait-il en aide ? Elle aperçut Miron sur le toit de la chapelle. Le chat se dirigeait vers eux à pas feutrés, les oreilles dressées et les yeux braqués sur le chaperon de Pouques dont le nœud oscillait dans le vent. Si Corcy remarquait sa présence, il le ferait cribler de flèches ! Comment l'inciter à partir ? Burian la tenait fermement. Elle ne pouvait rien dire, rien faire sans trahir son ami ! La peur au ventre, la jeune fille détourna le regard du toit. Pour croiser celui de Colart. Avec un sourire mauvais, le brigand s'exclama :

— Corcy dit peut-être vrai, sire Gui. Il y a un chat sur…

Miron ne le laissa pas achever. Le poil hérissé, il bondit sur sa proie en feulant. Colart hurla tandis que le félin lui labourait le visage de ses griffes. Bertille perçut un sifflement. Un liquide chaud l'aspergea. Aussitôt, la pression sur son cou se relâcha. Elle vit Burian tomber, un carreau d'arbalète fiché dans la bouche. L'instant d'après, les épées s'entrechoquaient. Quentin roula sur le sol pour échapper aux coups de lame. Elle lui saisit le bras pour l'aider à se relever.

— Miron ! appela-t-elle.

Le chat avait lâché Colart. Le visage en sang, le pillard se défendait péniblement contre les assauts d'un homme de Corcy. Elle balaya le sol du regard, craignant d'y découvrir le corps inanimé du félin. Il n'était nulle part.

— Viens, Bertille ! cria Quentin. Il faut partir tout de suite !

Main dans la main, ils se mirent à courir pour échapper au combat. Derrière eux, la voix du sergent Corcy domina le tumulte.

— Ils s'enfuient ! Rattrapez-les !

# *10*

# *La traque*

Bertille et Quentin traversèrent la cour envahie par les herbes folles. Sautant au-dessus des cadavres, ils se faufilèrent entre la grange et le bâtiment d'habitation. Derrière, une pâture s'étendait jusqu'à un petit bois de hêtres. Bertille jeta un regard par-dessus son épaule. Personne n'était à leurs trousses. Miron ne les suivait pas non plus. Des cris, des chocs d'épée résonnaient dans la cour.

— Ils se battent toujours ! haleta Quentin. Viens, vite !

Les deux adolescents traversèrent la pâture au pas de course et se jetèrent sous le couvert des arbres, s'écorchant le visage et déchirant leurs vêtements sur les buissons de ronces. Près de la lisière opposée, ils découvrirent une cabane rongée par le lierre et se précipitèrent à l'intérieur. Il était temps. À peine avaient-ils refermé la porte que l'orage déversa sa fureur sur la campagne.

— Ils ne nous ont pas suivis, chuchota Bertille au bout d'un moment.

Recroquevillés sur le sol, dans l'obscurité, ils écoutaient les rafales de pluie balayer le fragile toit de planches de leur refuge. L'intérieur sentait la paille rance. Il n'y avait pas de cheminée, aucun meuble à l'exception d'une auge vide. La cabane devait servir d'abri aux moutons qui paissaient dans le pré avant l'arrivée du fléau. La porte fermée par une simple barre ne résisterait pas longtemps à un assaut…

— Peut-être que le sire Pouques et sa bande ont eu raison du sergent Corcy, hasarda Quentin. De toute façon, il pleut à verse et la nuit vient de tomber.

Bertille opina. Ils étaient en sécurité dans cette cabane. Mais pour combien de temps ? L'orage finirait par s'éloigner, le jour se lèverait. Si les hommes du prévôt étaient toujours en vie, ils reprendraient leur traque dès le matin. Elle se félicitait d'avoir menti à Pouques sur le but de leur voyage. Prisonnier, le brigand aurait sûrement révélé tout ce qu'il savait pour sauver sa peau.

— Nous devons nous remettre en route à l'aube, dit-elle. Saint-Antoine ne doit plus être qu'à une ou deux lieues d'ici.

— Il le faut, soupira Quentin. Nous n'avons plus rien à boire ni manger, ni même de quoi nous défendre.

Comme son arc et ses flèches, le sac contenant les provisions, le manteau et la pierre à briquet était resté aux mains des pillards.

— Et nous n'avons plus Miron, ajouta Bertille.

La pensée du chat la torturait plus que la faim. C'est à lui qu'ils devaient leur libération. Sans son intervention, ils seraient encore aux mains des sbires du sieur Pouques, promis à une fin sinistre. Miron se trouvait-il encore à la léproserie ? Elle espérait que les gens du prévôt ne l'avaient pas capturé.

— À cette heure, il doit être caché dans un recoin, à l'abri de l'orage, affirma Quentin. Il nous rejoindra dès que la pluie cessera.

— Je vais veiller cette nuit, proposa Bertille.

— Cela ne sert à rien, décréta Quentin. Nous sommes coincés dans cette cabane comme dans une souricière. Si le sergent Corcy nous trouve, il nous attrapera. Il vaudrait mieux essayer de dormir. Nous aurons besoin de toutes nos forces demain.

Sa voix tremblait. Bertille tendit la main dans le noir.

Sa paume rencontra le bras du garçon. Il grelottait. Ils avaient cru leur dernière heure venue, dans la cour de cette léproserie. Le pire était peut-être à venir.

*

Malgré la fatigue pesante, ils ne réussirent pas à fermer l'œil. Au milieu de la nuit, la pluie cessa et les bruits de la campagne reprirent leurs droits. Parmi les craquements, les cris des chouettes et des loups qui les faisaient sursauter, Bertille guettait un miaulement qui l'avertirait de la présence de Miron. Mais le chat ne se manifesta pas. Quand les premières lueurs du jour parurent, elle ouvrit la porte avec précaution et jeta un regard par l'entrebâillement. Les prés brillaient d'humidité sous le soleil levant.

— La voie est libre ? s'enquit Quentin.

— Attends…

Bertille s'avança précautionneusement dans l'herbe mouillée tout en scrutant les alentours. Un mouvement attira son attention derrière elle. Quelque chose bougeait derrière la cabane. Elle se figea, terrorisée. Le sergent Corcy et ses hommes étaient là, cachés dans les fourrés. Prêts à lui décocher une volée de carreaux d'arbalète si elle ne se rendait pas.

Quentin se glissa sur le seuil de la cabane.

— Bertille ? chuchota-t-il. Que se passe-t-il ?

Elle se tourna lentement, résolue à faire face à leurs ennemis. Une boule de poils roux jaillit d'un fourré et se précipita vers elle en miaulant.

— Miron ! hurla Bertille.

Elle prit le chat dans ses bras et le couvrit de caresses. Il était mouillé mais indemne, preuve qu'il avait échappé à leurs poursuivants et passé la nuit dans le bois.

— J'ai eu tellement peur ! le gronda-t-elle.

Quentin les rejoignit en souriant.

— Je t'avais dit qu'il nous retrouverait ! s'écria-t-il. Maintenant que nous sommes réunis, nous devrions partir sans tarder. Tâcher d'arriver à Saint-Antoine avant midi…

*

Bertille et Quentin se taillèrent un chemin dans les broussailles, les pâtures abandonnées dont l'herbe était si haute qu'elle leur fouettait la taille. Miron progressait à leurs côtés, s'éloignant parfois pour chasser une souris ou un orvet. Ils étaient seuls, sous un soleil brûlant. Vers le milieu de la journée, Bertille aperçut un ruisseau qui serpentait dans le creux d'un vallon.

— Arrêtons-nous un instant, proposa-t-elle.

— Nous ne devrions pas nous attarder, répliqua Quentin.

— Nous n'avons rien mangé depuis hier et nous n'irons pas loin sans eau ! Moi, en tout cas, j'ai besoin de boire. J'ai la gorge en feu…

Le garçon hésita, puis se dirigea vers elle. Il n'avait pas fait trois pas qu'il trébucha et tomba dans l'herbe. Bertille s'approcha pour l'aider à se relever.

— Tu ne t'es pas blessé ?

En se penchant vers lui, elle remarqua qu'il était d'une pâleur extrême et qu'il suait à grosses gouttes.

— Ne me touche pas, dit-il en lui repoussant la main. J'ai peur que ce soit la peste.

— Mais non, voyons ! C'est la faim et le manque de repos. Boire te fera du bien.

Elle recueillit un peu d'eau dans sa main en coupe et l'approcha de la bouche de Quentin. Au moment où sa paume touchait ses lèvres, il se détourna et vomit. Tétanisée, Bertille le regarda se redresser en tremblant. Il grelottait de la tête aux pieds. *Comme Gersande.*

— Ce ne peut pas être la peste ! se récria-t-elle. Tu vivais dans les bois, loin de la ville, loin du fléau !

Elle s'interrompit, le souffle coupé. *C'est ma faute.* Gersande était tombée malade la nuit de son arrivée,

Quentin le lendemain de leurs retrouvailles. Ils allaient bien, avant qu'elle arrive. Elle, qui avait passé toute une nuit dans un colombier infesté de rats…

— Tu crois que l'on peut transporter le mal sans en ressentir les effets ? reprit Bertille d'une voix faible.

Quentin cligna des yeux, l'air hébété.

— Qu'est-ce que tu racontes ?

— Et si c'était moi qui t'avais rendu malade ? Peut-être que j'ai la peste et que je la répands autour de moi sans le savoir. Peut-être que le sergent Corcy a raison : je suis une maudite !

— Non, Bertille !

Quentin planta ses yeux fiévreux dans les siens.

— Arrête ! ordonna-t-il. Tu n'es pas maudite ! Tu es une fille bien, une fille courageuse et généreuse ! Ce n'est pas toi qui m'as rendu malade. Il y a cinq ou six jours, j'ai échangé de la nourriture avec des gens qui venaient de la ville. Ils voulaient s'installer dans les bois, eux aussi. Je suis sûr qu'ils ont emporté la peste avec eux.

— Ce n'est peut-être pas…, s'entêta Bertille.

Quentin secoua la tête, et elle s'interrompit, saisie d'effroi. Ce n'était pas la saleté du voyage qui maculait son cou, mais de larges plaques noires.

— Tu le sais comme moi, asséna-t-il. Je suis atteint.

Le garçon reprit péniblement sa respiration. Sa voix s'était mise à grincer comme une porte mal huilée. Les mots s'entrechoquaient dans sa bouche.

— Je ne peux plus continuer, haleta-t-il. Laisse-moi et va-t'en.

— Pas question ! Je n'ai rien pu faire pour sauver Gersande, je ne t'abandonnerai pas toi !

— Je vais te ralentir ! Je ne suis même pas sûr d'arriver à marcher jusqu'à Saint-Antoine.

L'angoisse submergea Bertille. Elle devait trouver une solution ! Mais son esprit était comme embourbé dans la fatalité. Le mal progressait à une vitesse fulgurante, rien ne semblait pouvoir l'arrêter. Des larmes d'impuissance jaillirent de ses yeux et roulèrent sur ses joues. Elle s'assit dans l'herbe, à bout de forces. Un miaulement la tira de sa torpeur. Miron la fixait de ses yeux verts. Il se frotta en ronronnant contre son bras. Puis il grimpa sur ses genoux et se blottit contre elle. Bertille le caressa en pleurant.

— Mon pauvre Miron, je ne sais pas comment nous sortir de là, murmura-t-elle.

Malgré tout, le contact du chat la réconforta. Il lui rappelait qu'ils étaient encore en vie, après un voyage semé d'embûches. Ils ne pouvaient pas avoir surmonté toutes ces épreuves en vain ! Elle chassa ses larmes d'un revers de manche, déposa le félin sur le sol et se releva pour regarder autour d'elle. Les collines ondulaient sur l'horizon brumeux. Le bourg de Saint-Antoine était niché dans l'une d'elles, tout près, elle en était persuadée. Pourquoi ne le voyait-elle pas ? *Parce qu'il était juste devant elle.* La jeune fille se figea, le souffle coupé.

— Là-bas !

Quentin cligna des yeux pour distinguer ce qu'elle montrait du doigt. Un imposant édifice émergeait de la brume matinale, perché sur une colline voisine.

— C'est l'abbaye, j'en suis sûre ! s'écria Bertille. Lève-toi, Quentin !

Elle voulut passer un bras sous ses épaules mais il la repoussa.

— Tu vas tomber malade, toi aussi !

— Alors le frère Philippe nous soignera tous les deux. Viens, Quentin, nous y sommes presque !

Elle n'osa pas lui révéler les sombres sentiments qui venaient de l'assaillir. Et si la peste avait ravagé l'abbaye ? Si le frère Philippe avait succombé au fléau ? Personne ne les aiderait et le refuge tant attendu se transformerait en prison mortelle. Mais ils n'avaient plus d'autre choix. L'édifice semblait grossir à l'horizon comme s'il leur tendait les bras. Bertille se remémora ses prières de la veille.

— Seigneur, Tu nous as protégés jusqu'ici, accorde-nous encore Ton soutien !

*

Combien de temps durent-ils marcher ? Bertille avait perdu la notion du temps. L'abbaye se trouvait à moins d'une lieue à vol d'oiseau, mais la route s'étirait, interminable, dure, sèche et caillouteuse sous ses pieds meurtris. Quentin s'appuyait de plus en plus sur elle, à tel point que son bras droit était tout endolori. Elle commençait à tituber comme lui. Seule la vue de Miron qui trottinait à leurs côtés lui donnait la force de continuer. La peur la saisit quand elle réalisa que le chat ne pouvait pas se présenter avec eux à la porte du bourg. Il serait chassé, peut-être mis à mort, et eux avec lui, avant qu'ils n'aient le temps de retrouver le frère Philippe.

— Nous devons nous séparer, Miron, déclara Bertille. Tu nous rejoindras plus tard.

Elle battit l'air de son bras libre pour inciter le chat à s'éloigner. Il s'écarta, gambada un moment sur le talus, puis revint auprès d'elle.

— Non ! protesta Bertille. Tu dois t'en aller !

La sueur lui coulait dans les yeux, troublant sa vision.

Quand, enfin, elle prit le temps de l'essuyer, elle vit qu'ils longeaient les murailles du bourg. Et Miron les suivait toujours.

— Sauve-toi ! ordonna Bertille en agitant le bras de nouveau.

Le chat la contempla sans bouger.

— Tu ne comprends pas ? On va te tuer, si tu restes avec nous ! Et nous aussi, nous serons en danger !

Loin de fuir, Miron fit mine de se rapprocher pour quémander une caresse. La mort dans l'âme, Bertille ramassa une pierre et la lança en direction du félin.

— Va-t'en ! gronda-t-elle.

L'animal fit un saut de côté, cracha et fila dans un fourré. Elle attendit quelques instants, mais il ne reparut pas. Lentement, Quentin et elle reprirent leur marche vers Saint-Antoine. Les portes du bourg étaient ouvertes, des gens pauvrement vêtus entraient, transportant des bottes de foin ou de petits fagots de bois.

— Nous y sommes, Quentin ! annonça Bertille. Dieu nous a exaucés !

Le garçon répondit par des paroles incompréhensibles. Elle l'aida à s'asseoir sur la margelle d'une fontaine, à l'entrée de la ville. L'abbaye se dressait au-dessus d'eux, sur une petite éminence. À la vue de l'imposant édifice, Bertille vacilla. Ses maigres forces l'abandonnaient. Elle n'arriverait jamais à soutenir son compagnon jusqu'à l'hôpital toute seule. Elle devait trouver de l'aide.

La jeune fille regarda autour d'elle, en quête d'une âme charitable. Les gens marchaient à pas pressés, le visage dissimulé sous leurs chaperons. Personne ne semblait désireux de venir au secours d'une inconnue. Tout au bout de la route, dans un creux du vallon qu'ils venaient péniblement de gravir, un nuage de poussière attira son attention. Un cavalier se dirigeait vers le bourg. La croix blanche qui barrait son tabard bleu était nettement visible. Bertille manqua défaillir.

— Quentin ! articula-t-elle. Il faut repartir. Vite !

La tête renversée contre le mur, le garçon avait fermé les yeux. Ses lèvres desséchées s'ouvrirent pour laisser échapper un murmure !

— Laisse-moi, Bertille…

— Non ! Le sergent Corcy nous a retrouvés ! Il arrive ! Je t'en prie, Quentin, lève-toi !

Elle passa son bras engourdi sous les aisselles du jeune homme mais il était devenu trop lourd pour qu'elle puisse encore le soulever.

— Vous allez à l'hôpital, jeune fille ? s'enquit une voix chaleureuse.

Bertille se retourna. Juché sur une carriole chargée de tonneaux, un homme d'une cinquantaine d'années, coiffé d'un chapeau de paille, la considérait avec compassion.

— J'apporte des tonneaux de bière à l'abbaye, je peux vous emmener, si vous voulez.

— Oh ! Merci, messire, bredouilla Bertille. Mon frère, il… il a besoin de soins urgents.

— Je le vois bien, ma pauvre enfant, dit le bonhomme en sautant au bas de sa carriole. Mais point de messire avec moi, ajouta-t-il en souriant, je suis né serf sur le domaine du sieur de Châteauneuf. Jacquemart suffira.

Le paysan souleva Quentin comme s'il avait été une plume et l'installa à l'arrière de la carriole, le dos calé contre un tonneau. Il n'avait pas demandé de quoi souffrait le garçon, ni même montré aucune répugnance à le toucher. Comme s'il ne craignait pas la peste. Devait-elle y voir un signe du destin ?

— Le fléau ne m'a pas épargné, expliqua Jacquemart comme s'il avait deviné ses pensées. Mais je l'ai vaincu. Ton frère lui survivra, lui aussi.

Le cœur battant, Bertille se hâta de monter à côté de son ami. Derrière eux, le cavalier avait disparu dans un repli du terrain. Il ne tarderait pas à réapparaître au bout de la route. Elle déglutit, la gorge sèche. Comment demander à Jacquemart de se hâter sans éveiller ses soupçons ? Encore une fois, elle n'eut pas besoin de parler. L'homme fouetta son cheval qui s'élança au petit trot.

Bertille recommença à respirer.

— Quentin, souffla-t-elle en lui pressant la main. Tiens bon, nous sommes presque arrivés !

Le garçon pressa faiblement ses doigts en retour. Saisie d'une nouvelle angoisse, elle se tourna vers Jacquemart.

— Le frère Philippe, vous connaissez ?

— Bien sûr ! C'est le bras droit de l'abbé, un grand médecin. Il saura vous aider, par la grâce de Dieu.

Bertille prit une longue goulée d'air. Le frère Philippe était arrivé à bon port, et il était vivant ! La carriole se frayait un chemin dans le bourg. Les rues étaient étroites et peu fréquentées. Un peu partout, des croix blanches, peintes sur des portes closes. Une charrette remplie de corps enveloppés dans des linceuls progressait lentement le long des maisons.

Le cœur serré, Bertille baissa les yeux vers Quentin. Le jeune homme semblait reprendre un peu de vigueur. Il ouvrit les yeux deux fois et l'appela par son nom.

— On arrive, promit-elle. Tu seras bientôt sauvé !

Ils se trouvaient maintenant au pied de l'abbaye. L'édifice les surplombait de sa masse imposante. Tout à coup, Jacquemart arrêta sa carriole devant un long bâtiment d'aspect austère.

— Voilà l'hôpital, annonça-t-il. Je vais vous aider.

Tandis que le paysan prenait Quentin dans ses bras, Bertille se précipita dans la cour du bâtiment. Une intense odeur d'encens et de camomille lui brûla les narines. Deux moines agitaient des encensoirs à l'entrée d'une chapelle.

— Pouvez-vous me dire où trouver le frère Philippe ? leur demanda-t-elle.

— À l'église, avec quelques malades, ils prient sur les reliques de saint Antoine.

En se retournant, Bertille faillit se heurter à Jacquemart qui entrait avec Quentin dans les bras.

— Le frère Philippe est à l'église ! s'écria-t-elle.

— Il ne tardera pas à revenir, répondit le paysan. En attendant, il faut mettre ton frère en lieu sûr.

— L'église est le seul lieu sûr, rétorqua Bertille. Je vous en prie, Jacquemart, conduisez-nous à l'église, auprès du frère Philippe.

Le bonhomme la considéra avec étonnement, mais il dut percevoir sa détresse car il n'insista pas.

— L'église est juste à côté…

Bertille courait déjà hors de l'hôpital. La rue résonnait de cris et d'insultes. La charrette transportant les cadavres bloquait le passage un peu plus loin. Un cavalier vêtu d'un tabard bleu houspillait le conducteur pour qu'il la déplace.

La jeune fille se rua dans l'église. Des moines chantaient ; des gens au visage enturbanné priaient avec ferveur sur des bancs de bois ; un petit groupe se recueillait devant une châsse sertie d'or. Bertille reconnut le moine pèlerin à son long vêtement de bure. Il s'était coupé les cheveux et rasé la barbe, mais c'était bien lui.

— Frère Philippe ! appela-t-elle.

Il se retourna, et son visage s'éclaira aussitôt.

— La petite Bertille ! Quelle surprise ! Qu'est-ce qui t'amène dans la maison de Dieu, mon enfant ?

Bertille se jeta à genoux et agrippa la croix qui pendait à la ceinture du moine.

— C'est Quentin ! bredouilla-t-elle. Il a la peste ! Et les hommes du prévôt nous poursuivent, ils m'accusent d'avoir propagé le fléau, juste parce que j'ai voulu protéger un chat !

Ses propos étaient complètement décousus, mais frère Philippe sembla la comprendre. Il avisa Jacquemart qui entrait, Quentin évanoui dans ses bras. Au même moment, un concert de protestations éclata dans la rue, suivi d'un galop effréné sur les pavés. Le moine fronça les sourcils.

— Jacquemart, restez ici avec ces enfants, ordonna-t-il au paysan en désignant un banc près du bénitier. Surtout, ne bougez pas !

Il se dirigea d'un pas ferme vers l'entrée de l'église. Au moment où il atteignait la porte, le sergent Corcy apparut sur le perron. L'homme était couvert de poussière. Une estafilade sanglante lui barrait la joue droite.

— Mon frère, commença-t-il d'une voix pressée, je suis le sergent Corcy, dépêché par le prévôt de La Côte, pour arrêter les deux jeunes gens qui viennent d'entrer dans votre église. Ils ont propagé la peste au moyen d'un chat maléfique !

— Des criminels ? s'étonna frère Philippe. Ces malheureux sont atteints du fléau, ils sont ici pour chercher le salut.

Corcy jeta un regard derrière le moine et aperçut Quentin qui gémissait, avachi sur le banc. Bertille eut conscience de baisser la tête un peu trop vivement.

— Ils ont la peste, hein ? articula-t-il d'un ton méfiant. Amenez-les ici, je vous prie, je dois m'en assurer.

— Je suis un moine de cette abbaye, vous n'avez aucune autorité sur moi, sergent.

Frère Philippe posa la main sur le chambranle pour barrer le passage à Corcy.

— Quiconque se réfugie dans une église bénéficie de la protection du Seigneur et ne saurait être inquiété, poursuivit-il. Si vous souhaitez pénétrer dans ce lieu sacré, je vous demanderai de déposer vos armes sur le perron. L'envoyé du prévôt parut surpris par cette opposition. Dans l'église, les fidèles avaient cessé de prier et s'étaient rassemblés près de l'entrée pour écouter. Dans la rue, un attroupement s'était formé, les visages étaient hostiles. Pourtant, Corcy reprit vite contenance.

— C'est le mal qui est entré dans cette église, mon frère ! gronda-t-il. Cette jeune fille que vous protégez est une sorcière et le jeune homme qui l'accompagne son complice !

— La peste est arrivée ici il y a plusieurs lunes, répliqua sèchement frère Philippe. Je l'ai vue se répandre, tuer indifféremment les riches et les pauvres. Ce fléau n'est point causé par les hommes, mais par Dieu qui nous rappelle notre condition de mortels. Ce n'est pas en cherchant vainement des coupables que nous surmonterons cette épreuve. Il faut au contraire nous entraider, nous porter sans délai au secours de ceux qui souffrent et prier pour leur salut. C'est dans la fraternité que nous dépasserons notre condition de pécheurs et nous rapprocherons du Christ !

Corcy ouvrit de grands yeux. Visiblement, le discours du moine le dépassait.

— Persistez-vous à protéger ces criminels ? explosa-t-il en dégainant son épée. Je vous préviens, je...

— Vous comptez me frapper ? l'interrompit calmement frère Philippe. Je vous conseille d'y réfléchir à deux fois avant de faire parler les armes sur un homme de Dieu.

Des voix menaçantes s'élevèrent au-dehors. Les badauds prenaient la défense du moine. Corcy toisa frère Philippe d'un air furibond. Après un instant d'hésitation, il rengaina d'un geste rageur.

— Vous aurez à répondre de vos actes ! vociféra-t-il. Je m'en vais faire mon rapport au prévôt de La Côte. Nous alerterons votre supérieur et nous en référerons au cardinal s'il le faut, mais nous arrêterons ces jeunes gens !

— Faites ce que vous devez, mon fils, rétorqua frère Philippe d'un ton léger. Je peux vous indiquer où trouver l'abbé : il est actuellement en visite au château de Bressieux, chez l'un de nos parents malades. Quant au cardinal, il faudra lui écrire en Avignon. Dans sa dernière lettre, il m'indiquait qu'il prolongeait son séjour auprès du pape, pour venir en aide aux pestiférés.

Corcy le fixa, bouche bée.

— Êtes-vous frère Philippe ? Philippe de… Bressieux ?

— Lui-même.

— On m'a dit que vous étiez revenu de Terre sainte, mais je… Je ne savais pas que vous étiez ici !

Le moine le congédia d'un sourire et d'un signe de bénédiction.

— Rentrez chez vous, mon fils, et que Dieu vous garde.

Frère Philippe referma la porte de l'église et s'en revint vers Bertille et Quentin. La jeune fille le fixa, éberluée. *Philippe de Bressieux.* L'homme qui se tenait devant elle appartenait à l'une des familles les plus puissantes de la région, proche du comte de Viennois. Pas étonnant que le sergent Corcy ait frémi en entendant son nom.

— Nous sommes égaux aux yeux de Dieu, soupira le moine en se penchant pour examiner Quentin. Aux yeux des hommes, certains ont plus de valeur que d'autres. J'aurais aimé ramener ce sergent Corcy à la raison. Hélas ! Il semble faire partie de ceux qui n'entendent que la voix du pouvoir. Allons, mes amis, il faut porter ce jeune homme à l'hôpital.

*

Frère Philippe les conduisit dans une grande salle voûtée. De la taille d'une halle, elle était remplie de pestiférés étendus à plusieurs sur des matelas. Des moines circulaient entre les malades en agitant de l'encens pour purifier l'air.

Une fois Quentin étendu sur une paillasse, frère Philippe entreprit de le déshabiller. Il déroula le chaperon crasseux et déchira le col de la chemise trempée de sueur. Des bubons noirâtres déformaient le cou du garçon, d'autres poussaient sous ses aisselles. Le visage brillant de fièvre, le jeune homme avait fermé les yeux.

Bertille pressa les mains contre sa bouche pour étouffer un cri.

— Il va mourir !

Les larmes dévalèrent sur ses joues. Ils avaient surmonté tant d'épreuves : l'attaque des pillards, la traque du prévôt, la longue marche jusqu'à Saint-Antoine. Ils auraient dû mourir, ou survivre ensemble. Pourquoi Quentin devait-il périr aux portes de la délivrance ?

— Ton ami n'est pas perdu, annonça frère Philippe. Je vais inciser les bubons pour en extraire le poison et appliquer des baumes pour faire baisser la fièvre. Et puis je lui donnerai à boire un remède à base de plantes. Pendant ce temps, tu iras à la cuisine demander une écuelle de soupe et un morceau de pain, mais aussi des vêtements propres. Tu es épuisée, Bertille, il faut te reposer. Je t'appellerai lorsque j'aurai fini d'opérer.

La jeune fille opina et quitta la salle. Elle titubait, mais elle n'avait pas faim. Une fois dans la cour, elle se dirigea directement dans la chapelle et s'agenouilla devant l'autel. Quentin gisait sur une paillasse, sans connaissance, et elle avait chassé son cher Miron à coups de pierres. Jamais elle ne s'était sentie aussi seule et perdue.

Elle enfouit le visage dans ses mains et éclata en sanglots.

# 11

# *Un cadeau*

Bertille ouvrit les yeux, le cœur battant. L'image fugace de Miron étendu près d'elle s'effaça aussitôt. À la place du chat, une araignée dodue réparait patiemment sa toile dans l'angle d'un mur, juste au-dessus de sa tête. Elle était allongée sur un matelas de paille, dans une espèce d'alcôve remplie de pots et de jarres. En essayant de se dégager, elle s'empêtra les pieds dans la paille et chuta lourdement sur une surface dure. Une des jarres explosa en mille morceaux, répandant une poussière rouge sur le sol.

— Qu'est-ce que c'est que ce tapage ? lança une voix mécontente.

Bertille lutta pour se mettre debout. Autour d'elle, un plafond bas et noirci, une immense cheminée, des tables chargées de plats et d'ustensiles. Une odeur d'oignon flottait dans l'air. Elle se souvenait d'avoir pleuré dans une chapelle, et elle se retrouvait dans une cuisine sombre et enfumée. Trois jeunes filles plumaient des poulets en l'observant avec curiosité. Une grosse femme coiffée d'un bonnet à cornette se planta devant elle, les mains sur les hanches.

— Tu ne t'es pas fait mal en tombant du cellier ? s'inquiéta-t-elle.

— Qui êtes-vous ? demanda Bertille.

— Alda, la maîtresse des lieux. Le frère Philippe m'a chargée de veiller sur toi. Pas bien difficile, tu dors comme un nouveau-né. Et pas besoin de te réveiller pour la tétée !

La grosse femme l'aida à s'asseoir sur un banc. Les flammes des chandelles disposées sur la table l'éblouirent.

— Depuis quand suis-je ici ? bredouilla Bertille.

— Depuis qu'on t'a retrouvée endormie sur la dalle de la chapelle, hier matin. Une nuit de plus et on allait devoir te réveiller !

Les filles de cuisine pouffèrent. Paniquée, Bertille les regarda sans comprendre. Pourquoi l'avait-on laissé dormir aussi longtemps ? Le frère Philippe avait promis de la prévenir dès qu'il aurait terminé d'opérer. *Quentin !*

La pensée du garçon la fit défaillir.

— Est-ce qu'il est en vie ? s'écria-t-elle.

— Tu veux parler du garçon qui t'accompagnait ? s'étonna Alda. Je n'en sais rien, je…

Bertille n'entendit pas la fin. Elle se précipita hors de la cuisine. Un sombre couloir donnait sur une galerie plus vaste, éclairée par le soleil couchant. La cour de l'hôpital était déserte. Des chants en latin flottaient dans l'air. On célébrait les vêpres dans la chapelle. Elle dépassa l'édifice et pénétra dans la salle réservée aux pestiférés.

Les malades geignaient sur leurs couches, certains ne bougeaient plus. Accroupis près des mourants, des frères médecins leur enduisaient le corps de baumes apaisants. Frère Philippe n'était pas parmi eux. Le regard de Bertille se posa à l'endroit où le moine avait installé Quentin, à leur arrivée à l'hôpital. La paillasse avait disparu.

Elle regarda autour d'elle, paniquée. Des serviteurs emportaient des corps enveloppés dans des linceuls. Les morts de la journée. Bertille s'appuya contre le mur. Elle devait demander. Elle devait savoir.

Elle s'approcha d'un moine, les jambes flageolantes.

— S'il vous plaît, mon frère…

— Bertille, c'est toi ?

La jeune fille se retourna.

Étendu sous un lourd drap de chanvre, dans un recoin obscur, un pestiféré la fixait de ses yeux sombres. Elle reconnut la tignasse brune et se précipita vers lui en criant presque.

— Quentin ! Comment vas-tu ?

— Le frère Philippe dit que je suis tiré d'affaire, répondit le garçon en souriant.

— C'est vrai que tu as meilleure mine.

En pensant au malade consumé par la fièvre et à demi inconscient qu'elle avait dû soutenir jusqu'à Saint-Antoine, elle avait envie de prendre son visage entre ses mains et de le serrer contre elle. Mais elle se contenta de lui presser le bras à travers le drap.

— Je n'ai presque plus de fièvre, expliqua Quentin. Le poison est sorti de mon corps. Je devrais être guéri d'ici quelques jours.

— Je suis tellement soulagée ! s'écria Bertille.

Elle se détourna pour essuyer ses larmes. Aussitôt, une ombre voila son bonheur. Miron n'était plus là.

— C'est grâce à toi, dit Quentin. Tu m'as traîné jusqu'ici, alors que les hommes du prévôt étaient à nos trousses.

— Je te l'ai dit, je ne pouvais pas t'abandonner.

— Pourtant, je ne t'ai pas été très utile pendant

le voyage. Je n'ai pas pu nous défendre contre les brigands qui nous ont dépouillés !

— Oublie cette histoire. Les hommes du prévôt ont eu raison d'eux, et le frère Philippe a renvoyé le sergent Corcy à La Côte. Il a dû raconter que nous étions atteints de la peste, peut-être même que nous étions déjà morts, et nous n'entendrons plus jamais parler de lui !

— Et après ? Que ferons-nous ?

Bertille hésita. Sur la route, elle n'avait pas eu le temps de penser à l'avenir. Le plus urgent était d'échapper à leurs poursuivants, de trouver un abri où ils puissent bénéficier d'une protection et de soins. À présent qu'ils étaient sauvés, il fallait bien réfléchir à la suite. Retourner en ville ? Si on les croyait morts, ils ne pourraient pas rentrer chez eux sans prendre le risque de réveiller les soupçons. Son cœur se serra quand elle pensa à son père et à ses frères. Ils s'imaginaient peut-être, à tort, l'avoir perdue à tout jamais.

— Si le frère Philippe nous autorise à rester à l'hôpital, nous trouverons bien le moyen de nous rendre utiles, suggéra-t-elle. Plus tard, nous tâcherons de retrouver ceux à qui nous tenons.

Quentin secoua la tête.

— Moi… je n'ai plus que toi.

Bertille sentit que son ami lui prenait la main et elle le laissa faire.

— Nous resterons ensemble, si tu le souhaites, souffla-t-elle.

— Dans ce cas, je te dois la vérité.

— Quelle vérité ?

— Tu te souviens des vauriens qui t'avaient pourchassée dans la rue, juste avant ton départ de La Côte ?

— Tu m'as défendue contre eux !

Quentin grimaça.

— Ils ont agi à ma demande, avoua-t-il. Juste pour que je puisse intervenir et te faire bonne impression. Je ne savais pas comment t'aborder…

— Tu n'avais pas besoin d'inventer tout ça ! s'écria Bertille, stupéfaite. J'ai toujours su que tu étais quelqu'un de bien.

Elle rougit en pensant à ses propres manigances, quand elle parlait à tort et à travers dans la rue, dans la seule intention de se faire remarquer de lui. Après les épreuves qu'ils avaient traversées, ces jeux de séduction lui paraissaient stupides.

— Nous resterons ensemble, dit Quentin. Je suis sûr que nous serons heureux ici.

Une voix amusée les fit sursauter.

— Et moi, je veux bien que vous entriez au service de l'hôpital.

Bertille se retourna. Debout dans la pénombre, frère Philippe les considérait avec bienveillance. Elle rougit de plus belle à l'idée qu'il avait entendu leur conversation.

— Nous ne vous remercierons jamais assez pour votre bonté, mon frère, dit-elle en s'agenouillant pour embrasser sa robe de bure.

— Remerciez Dieu, mes enfants, répliqua doucement le moine. C'est Lui qui nous a permis de nous rencontrer.

*

Bertille agrippa les barreaux de l'échelle qui conduisait à la soupente. Comme il n'y avait plus assez de place dans le dortoir des servantes, en contrebas, l'endroit avait été aménagé pour accueillir un lit de quatre personnes. Alda lui avait signifié qu'elle partagerait la couche avec deux des filles de la cuisine. Elle avait tardé à les rejoindre, car elle s'était attardée à la chapelle, après avoir souhaité une bonne nuit à Quentin.

Les deux servantes dormaient déjà, leurs ronflements vibraient dans l'air tiède. Un croissant de lune pendait à l'angle d'une étroite fenêtre taillée dans le mur. Un instant, Bertille se crut de retour au Ginet. Une silhouette féline jaillit dans l'ouverture. *Miron !* L'illusion se dissipa quand elle aperçut l'épaisse queue noire du chat qui se glissait dans la soupente, souple et silencieux.

Elle l'avait déjà croisé un peu plus tôt dans la cour, près du grenier à céréales. Deux autres félins la contemplaient, juchés sur le toit du bâtiment.

— L'abbaye en compte plusieurs, avait annoncé le frère Philippe. Ils mangent les rongeurs qui détruisent les récoltes. Et là où ils chassent, la peste recule.

— Pourtant, j'ai entendu dire que le pape…

— Je sais ce qu'a dit le Saint-Père, avait répondu le moine d'un ton tranquille. Ce que je sais également, c'est que les créatures démoniaques n'aident pas les hommes à survivre. J'ai essayé de le dire à ton oncle et à ta tante, mais ils n'étaient pas disposés à l'entendre.

Bertille avait rassemblé son courage.

— À ce propos, frère Philippe, je dois vous parler.

Il était temps de raconter son histoire. Elle avait relaté son périple, de son départ du Ginet avec Miron, jusqu'au renvoi du chat sous les murailles de Saint-Antoine. Le moine l'avait écoutée avec compassion.

— Je comprends tes regrets. Tu étais attachée à cet animal, mais tu devais assurer sa sécurité, ainsi que la tienne et celle de ton ami Quentin. Tu n'avais d'autre choix que de le chasser en arrivant au bourg. Dis-toi qu'il aurait probablement repris sa liberté à un moment ou un autre.

— Vous pensez qu'il est toujours en vie ?

— J'en suis convaincu, avait affirmé frère Philippe.

Rassérénée au souvenir des paroles du moine, Bertille rejoignit sa place dans le lit commun. Elle avait prié à la chapelle pour la guérison de Quentin, mais aussi pour son père et ses frères, pour l'âme de Gersande et tous ceux que le fléau avait emportés. Ses prières avaient été exaucées. Frère Philippe avait accepté qu'elle entre au service de l'abbaye. Il y avait tant à faire pour combattre la peste.

— À l'hôpital, nous nous sommes inspirés des travaux d'Arnaud de Villeneuve, un célèbre médecin du temps de Charlemagne, lui-même inspiré des découvertes des savants romains, pour mettre au point un contrepoison, avait-il expliqué à Bertille. Ce remède, que j'ai fait boire à ton ami Quentin, compte plus de soixante ingrédients : des extraits de minéraux et de plantes, sans oublier le vin et le miel. Je suis sûr que tu nous seras d'une grande aide pour le préparer.

Dès le lendemain, elle se mettrait au service d'Alda. Une toute nouvelle vie commençait, mais elle ne redoutait plus d'affronter l'inconnu. La pensée de Quentin la fit sourire. Elle croyait encore sentir la pression de ses doigts dans les siens. Auprès de lui, plus rien de mauvais ne pouvait lui arriver.

*

Quand les servantes la secouèrent pour la réveiller, Bertille n'eut pas l'impression d'avoir dormi très longtemps. Le soleil baignait la soupente d'un éclat rosé. Le jour était déjà levé.

— Dépêche-toi, Alda nous attend !

— J'arrive, grogna Bertille.

Elle enfila son bliaud et se passa la main dans les cheveux pour tresser une natte. Son pied nu heurta une boule tiède. Elle le retira avec un petit cri.

— Qu'est-ce que c'est que ça ?

Une souris morte gisait au pied de sa couche. Elle leva les yeux, juste à temps pour voir passer une ombre devant l'étroite fenêtre.

Bertille sauta au bas de l'échelle et se précipita vers la basse-cour. À l'entrée du jardin clos, le soleil l'éblouit. Un chat courait sur les toits de chaume des dépendances. Il s'arrêta soudain et la fixa de ses yeux verts.

Elle ne pouvait pas l'appeler sans attirer l'attention sur eux. Et elle voulait garder ce moment pour elle. Alors elle se contenta de lui sourire.

Miron miaula et s'éloigna en trottinant.

# *Épilogue*

*Abbaye de Saint-Antoine, mai 1349*

Bertille aida Jeanne de Héneuf à rejoindre la cour de l'hôpital. Arrivée dix jours plus tôt avec une toux persistante, la vieille dame était enfin guérie. Les moines médecins avaient prescrit des onguents qui l'avaient soulagée. Elle devrait poursuivre le traitement chez elle. Les nombreuses servantes à son service y veilleraient. Jeanne de Héneuf était la douairière d'un vaste domaine allié au blason des Bressieux.

— Quel bonheur de respirer à nouveau l'air frais, se réjouit-elle en contemplant la cour baignée de soleil. J'ai hâte de pouvoir m'en retourner chez moi.

— Votre fils arrivera tout à l'heure, annonça Bertille en l'aidant à s'asseoir sur un banc. Si vous le souhaitez, je peux vous tenir compagnie.

— Ce sera avec plaisir, jeune fille.

Un chaton roux aux yeux verts se faufila entre leurs jambes et Bertille sourit. L'audacieux avait les mêmes manières que son père. Miron trônait à l'entrée du grenier, près de la chatte à l'épaisse queue noire et de leurs six petits. L'aventurier roux chercha à attraper son ombre avant de courir rejoindre ses frères et sœurs. Jeanne de Héneuf sourit à son tour.

— J'aimerais en savoir plus sur toi, Bertille. Tu es une protégée du frère Philippe, n'est-ce pas ?

— Sur la route de Saint-Antoine, le frère s'est arrêté chez mon oncle pour passer la nuit. Il m'a parlé de l'hôpital, des soins apportés aux pestiférés. Quand le fléau s'est abattu sur mon village, je suis venue me réfugier ici.

— La peste, soupira Jeanne de Héneuf. Elle a emporté la moitié de ma famille. J'ignore comment je lui ai échappé…

Bertille opina. Elle s'étonnait toujours d'avoir survécu à cette terrible période. La mort était partout, rôdant autour d'elle, s'attachant à ses pas jusqu'au sein même de l'abbaye. Pendant des mois, elle avait côtoyé des pestiférés, sans jamais tomber malade elle-même. C'était rare, mais pas impossible. Le frère Philippe lui non plus n'avait pas été infecté. Puis le fléau s'en était allé. La vie avait repris son cours.

— Te reste-t-il de la famille quelque part ? s'enquit la vieille dame.

— Je n'en sais rien.

Elle aurait pu, depuis longtemps, demander à frère Philippe d'envoyer un messager à La Côte pour enquêter sur le bottier Duchesne. Mais elle n'avait rien fait, par crainte de la réponse. Ne devrait-elle pas affronter la réalité par elle-même ?

De l'autre côté de la cour, un jeune homme nettoyait un cheval avec un bouchon de foin. L'animal venait de parcourir un long trajet depuis le domaine voisin et gravir la route escarpée qui conduisait au bourg en tirant une charrette remplie de tonneaux. Il était épuisé et se laissait frictionner sans renâcler. Bertille reconnut Jacquemart, le brasseur de bière, sous le large chapeau de paille du charretier. Le paysan échangea quelques mots avec le palefrenier. Il n'était pas venu à l'abbaye depuis plusieurs mois et devait le trouver bien changé.

Bertille observa Quentin à la dérobée. De sa victoire sur le fléau, le garçon semblait avoir retiré une force qui ne cessait de l'étonner. En peu de temps, il était devenu aussi grand que le frère Philippe. Son cœur se serra quand elle se rappela que, comme en ville auparavant, ils ne se parlaient presque plus. La vie du personnel de l'hôpital était bien réglée. Les hommes et les femmes ne pouvaient se croiser qu'en journée, au moment des corvées. Le frère Philippe avait affecté Bertille à la préparation des remèdes et aux soins des femmes malades ; Quentin était devenu valet d'écurie. Les occasions de bavarder étaient rares. Souvent, elle se remémorait avec nostalgie leur voyage jusqu'à l'abbaye, quand ils marchaient seuls, sans rien ni personne pour les séparer. Leur discussion à cœur ouvert dans la salle des pestiférés, après l'opération de Quentin, était la première et la dernière qu'ils avaient eue.

Aidé de quelques serviteurs, Jacquemart commença à décharger les tonneaux de bière. Quentin apporta un seau d'eau et un sac d'avoine au cheval. Au moment de retourner vers l'écurie, il se retourna et lui sourit. Elle lui sourit en retour.

Jeanne de Héneuf laissa échapper un petit rire entendu.

— Ce garçon m'a l'air honnête et travailleur, fit-elle remarquer. Et il me semble s'intéresser à toi !

— C'était mon voisin, madame. Nous sommes arrivés ensemble à l'abbaye, c'est tout.

— Il n'a plus de famille, lui non plus ?

Bertille secoua la tête. *Il n'a plus que moi*. Les paroles de Quentin lui semblaient si lointaines. Il était temps qu'elle lui parle. Elle s'était fait une promesse.

— Voilà des visages bien sérieux !

Bertille leva les yeux. Frère Philippe s'approchait d'elle en souriant, comme à son habitude.

— Tout va bien, mon frère, dit Jeanne de Héneuf. La petite Bertille et moi parlions de la peste et des proches que le fléau nous a enlevés.

Le moine plongea son regard dans celui de la jeune servante.

— As-tu pris ta décision ?

Elle hocha la tête.

— Je n'aurai pas assez de toute ma vie pour vous remercier de votre aide, frère Philippe. Mais il faut que je me rende à La Côte. Il faut que je sache… Je serai prudente, je vous le promets.

— Je demanderai à un serviteur de t'y conduire. As-tu prévenu Quentin ?

— Pas encore.

Bertille chercha le palefrenier des yeux. Deux visiteurs coiffés de chaperons rapiécés venaient de le héler.

— Nous cherchons une jeune femme qui doit être servante ici…

Bertille s'agrippa à son banc, prise de vertige. Était-elle le jouet d'une illusion ? Cette voix, c'était celle de son père. Le plus âgé des deux hommes se tourna vers elle et leurs regards se croisèrent. Un instant plus tôt, elle pensait à lui, à la probabilité de ne plus jamais le revoir et il lui apparaissait, comme surgi d'un rêve. Maître Duchesne avait maigri, son œil droit était voilé de blanc. À côté de lui, son fils Olivier semblait au contraire s'être élargi.

Elle entendit Quentin pousser une exclamation de surprise. Frère Philippe loua le Ciel, Jeanne de Héneuf renchérit. Alors seulement elle réussit à se lever et alla, titubante, à la rencontre des deux hommes.

— Vous êtes vivants ! balbutia-t-elle.

— Nous sommes tous vivants, expliqua le bottier. Jean nous aurait bien accompagnés, mais il doit tenir l'atelier et Éliette s'occupe du bébé… Un garçon, il est né le mois dernier. Nous sommes rentrés en ville juste avant l'hiver, quand le danger semblait écarté. Hélas, beaucoup de gens sont morts encore, et j'ai eu la confirmation que mon frère Roland et sa famille ont été emportés par le fléau, peu après ton départ…

Bertille hocha la tête sans un mot. Elle avait toujours cru possible de retrouver un jour son père, et peut-être même ses frères, mais elle sentait, au fond d'elle-même, qu'elle ne reverrait jamais son oncle ni sa tante ni aucun de ses cousins.

Par ce chaud matin d'été, un an plus tôt, elle n'avait pas seulement fui des accusations de sorcellerie.

Elle avait échappé à la peste, arrivée à la ferme avec les gens du village.

— Comment avez-vous su où me trouver ? demanda-t-elle, intriguée.

— Grâce au sergent Corcy.

Une ombre traversa la cour. Bertille recula d'un pas. Elle sentit la main de Quentin glisser sur son épaule.

— Sois sans crainte, intervint Olivier. Le sergent est mort il y a trois jours. Une blessure mal soignée. Se sachant condamné, il a voulu soulager sa conscience. Il nous a fait appeler chez lui et il nous a dit que tu étais toujours vivante.

— Nous te croyions morte, emportée par la peste, depuis près d'un an ! s'écria maître Duchesne. Alors que tu étais toujours en vie, et Quentin aussi !

— Je n'avais aucun moyen de vous prévenir sans nous attirer des ennuis à tous.

— Je le sais. Dieu en soit remercié : à présent, tout est fini. Tu peux rentrer à la maison.

Bertille prit une profonde inspiration.

— Je ne rentrerai pas en ville, père, dit-elle doucement.

Maître Duchesne hocha la tête, la tristesse envahit ses traits.

— Je comprends. Même si la plupart de ceux qui voulaient ton arrestation sont morts, il s'en trouvera toujours un ou deux pour se rappeler cette fille accusée de sorcellerie qui s'est enfuie avec un chat…

Son regard erra un instant dans la cour, s'attarda sur le grenier où les chatons jouaient toujours dans le foin. Assis à l'écart, dans l'encadrement d'une fenêtre, Miron les contemplait de ses yeux verts à demi fermés.

— Je suppose que tu es heureuse, ici, reprit le bottier. Tu sers l'abbaye, c'est une mission bonne et honnête. C'est tout ce que je souhaite pour toi.

— Merci, père.

Bertille sourit. Il avait formé bien d'autres projets pour elle, un an plus tôt, quand il l'avait envoyée à la campagne chez son oncle. Mais les temps avaient changé. Quentin fit un pas en avant, le visage échauffé.

— Maître Duchesne ?

Le bottier parut se rappeler sa présence.

— Que veux-tu me dire, Quentin ? s'enquit-il d'un ton distrait.

— Vous devez savoir que je dois la vie à votre fille, reprit le jeune homme devenu écarlate. Sans son aide, je serais probablement mort de la peste quelque part sur la route de Saint-Antoine. Depuis que nous sommes ici, nous travaillons chacun de notre côté, mais cela m'a laissé tout le temps nécessaire pour réfléchir à ce que je vais vous demander. M'accordez-vous la main de votre fille ?

Bertille ne sut lequel de son père ou de son frère eut l'air le plus étonné. Peut-être aucun des deux. Peut-être était-elle la plus surprise. Un sourire fugace éclaira les traits du frère Philippe. Quentin lui jeta un coup d'œil suppliant. *D'accord, nous n'en avons pas parlé ensemble, mais tu n'es pas contre l'idée de m'épouser ? S'il te plaît, ne dis pas non !* Malgré l'heure grave, elle eut envie de rire.

— Maître Duchesne, reprit Quentin. M'accordez-vous…

— Inutile de répéter, j'ai bien entendu, grommela le bottier en se passant une main sur le crâne pour se gratter la tête. Que pense ma fille de cette proposition ?

— J'espère avoir votre bénédiction, père, souffla Bertille.

Olivier lâcha un ricanement amusé.

— Tu es un bon garçon, Quentin, dit maître Duchesne. Je connaissais bien ton père et ta mère, tous deux de braves gens. Je serai heureux de t'avoir pour gendre, mais il ne faut pas se précipiter. Les fiançailles, d'abord…

— Nous nous marierons quand vous le jugerez bon, maître, répondit Quentin avec empressement.

— Et il faudra songer à votre foyer ! Où comptez-vous vous établir ?

— Je pense avoir une idée, glissa une voix douce mais ferme.

Tout le monde se retourna. Toujours assise sur le banc, Jeanne de Héneuf contemplait la petite assemblée en souriant.

— Je pourrais, si frère Philippe le permet, vous prendre à mon service sur mon domaine, proposa-t-elle. Je n'ai plus de palefrenier et je serais rassurée si je disposais d'une main experte pour préparer mes remèdes.

— Vous feriez cela pour nous, madame ? s'écria Bertille.

— Sache, jeune fille, que je ne fais jamais de proposition en l'air !

Frère Philippe éclata d'un rire franc.

— Je peux vous assurer que ma belle-sœur dit vrai ! Et je serai heureux de vous savoir installés chez elle, ajouta-t-il en se tournant vers Quentin et Bertille. Mais nous avons assez parlé dans cette chaleur. Venez, maître Duchesne, et vous aussi, jeune Olivier, je vais nous faire servir des rafraîchissements.

Le moine entraîna les visiteurs vers la galerie ombragée qui courait le long de l'hôpital. Au moment où ils passaient près du grenier, Miron les rejoignit et se faufila entre leurs jambes. Bertille et Quentin éclatèrent de rire en regardant le chat les devancer ventre à terre aux cuisines.

Ils n'avaient aucune idée de ce que leur réservait l'avenir, mais ils savaient qu'ils le découvraient tous les trois ensemble.

# De la même autrice chez ScriNeo

# L'Hôpital des Sorciers

**Catherine Cuenca**

Saint-Antoine-en-Viennois, 1297.
Poupées enterrées dans le cimetière, serviteurs qui disparaissent et tombes profanées… Depuis quelque temps, la Maison de l'Aumône fait face à d'étranges manifestations !

Lorsqu'Aymon de Montagne, Grand Maître des lieux, est accusé de sorcellerie, le jeune Gabin décide de mener l'enquête. Convaincu de l'innocence de son mentor, il tente de comprendre ce qui se trame dans l'ombre de l'hôpital… Et si un Mal insidieux rodait vraiment dans les entrailles de l'hôpital, comme les autorités semblent le croire ?

# L'ASSASSIN du Marais

Catherine Cuenca

Avril 1849.
Alors que les élections législatives de la toute jeune IIe République se préparent, des femmes courageuses et indépendantes sont retrouvées mortes, assassinées dans différents lieux de Paris. Tout indique qu'elles ont été victimes d'un seul et même tueur.
L'inspecteur Alexandre Delage est chargé de l'enquête. Aidé par Léa, une spirite à la sensibilité hors du commun, et par Julie, farouche employée d'un grand magasin dont la meilleure amie fait partie des victimes, le jeune policier met tout en œuvre pour démasquer l'assassin.
Mais les crimes se multiplient et celui-ci semble insaisissable…

# SAUVER MINA

CATHERINE CUENCA

2 août 2014.

L'État islamique envahit la région du Sinjar. Ses habitants, les Yézidis, considérées par les djihadistes comme les adeptes d'une secte satanique, sont contraints de fuir pour échapper à un génocide. Mais la plupart sont capturés : les hommes sont exécutés et les femmes réduites à l'état de sabaya, des esclaves sexuelles.

Ce jour-là, Amal, seize ans, et sa demi-sœur Mina, dix-sept ans, voient leur vie basculer. Si Amal réussit à échapper au massacre, Mina, elle, est vendue à l'acheteur le plus offrant. En apprenant le funeste destin de sa sœur, Amal s'engage alors dans une unité de défense composée de femmes pour lutter contre Daech. Son seul but : sauver Mina.